## 작가의 말

삶은 알 수 없는 일로 가득해요.
때로는 달콤한 사탕을 쥐어주기도 하지만, 이내 뺏어버리기도 하죠.
어떤 날은 하늘 끝까지 날 수 있을 듯이 잔뜩 부풀어오르다가도
며칠 뒤에는 바람 빠진 풍선이 되어버리기도 해요.

그 모든 날에 우리가 할 수 있는 최선은
그날의 몫을 하며 한 걸음을 내딛는 거예요.

여기에는 매일 한 걸음씩을 부단히 내디디는 우리에게 필요한
응원과 격려, 칭찬과 위로가 가득 담겨 있어요.

저와 함께하는 3년, 기대해도 좋을 거예요.

# 오늘도 한 걸음

**초판 1쇄 인쇄** 2022년 9월 27일
**초판 1쇄 발행** 2022년 10월 5일

**지은이** 지수
**펴낸이** 김선식

**경영총괄** 김은영
**편집인** 박경순
**책임편집** 문해림 **책임마케터** 김지우
**편집관리팀** 조세현, 백설희 **저작권팀** 한승빈, 김재원, 이슬
**마케팅본부장** 권장규 **마케팅2팀** 이고은, 김지우
**미디어홍보본부장** 정명찬 **홍보팀** 안지혜, 김민정, 오수미, 송현석
**뉴미디어팀** 허지호, 박지수, 임유나, 송희진, 홍수경 **디자인파트** 김은지, 이소영
**재무관리팀** 하미선, 윤이경, 김재경, 안혜선, 이보람
**인사총무팀** 강미숙, 김혜진, 황호준
**제작관리팀** 박상민, 최완규, 이지우, 김소영, 김진경, 양지환
**물류관리팀** 김형기, 김선진, 한유현, 민주홍, 전태환, 전태연, 양문현, 최창우
**외부스태프 디자인** 형태와내용사이

**펴낸곳** 다산북스 **출판등록** 2005년 12월 23일 제313-2005-00277호
**주소** 경기도 파주시 회동길 490
**전화** 02-704-1724
**이메일** kspark@dasanimprint.com
**홈페이지** www.dasan.group
**인쇄** 북토리 **제본** 대원바인더리 **후가공** 제이오엘엔피 **종이** 한솔피엔에스

**ISBN** 979-11-306-9382-8 (03810)

* 유영은 ㈜다산북스의 임프린트입니다.
* 책값은 뒤표지에 있습니다.
* 파본은 구입하신 서점에서 교환해드립니다.

3년 후 나를 위해
오늘도 한 걸음
지수 지음
유영

한다!
된다!
이룬다!

올해를 잘 살아낼
나에게 한 마디!

20

20

20

이루어져라~
올해 가장
이루고 싶은 목표
세 가지를
적어보세요!
20
①
②
③
20
①
②
③
20
①
②
③

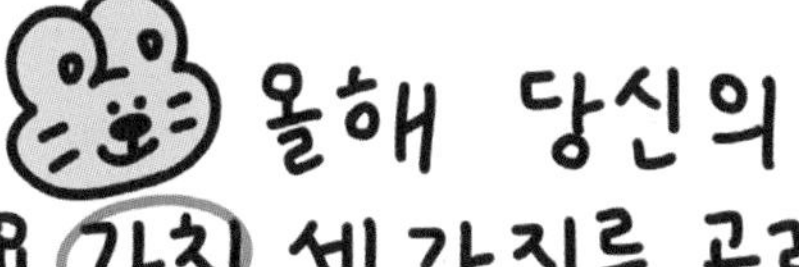

# 올해 당신의 주요 가치 세 가지를 골라보세요!

20

건강 성취 도전 가족 자유 공정
여유 자신감 열정 경쟁 용기 배움
성실 조화 만족 성장 개성 탁월함
인정 성공 관계 경험 휴식 꾸준함
변화 소통 신뢰 나눔 영향력 포용

20

건강 성취 도전 가족 자유 공정
여유 자신감 열정 경쟁 용기 배움
성실 조화 만족 성장 개성 탁월함
인정 성공 관계 경험 휴식 꾸준함
변화 소통 신뢰 나눔 영향력 포용

20

건강 성취 도전 가족 자유 공정
여유 자신감 열정 경쟁 용기 배움
성실 조화 만족 성장 개성 탁월함
인정 성공 관계 경험 휴식 꾸준함
변화 소통 신뢰 나눔 영향력 포용

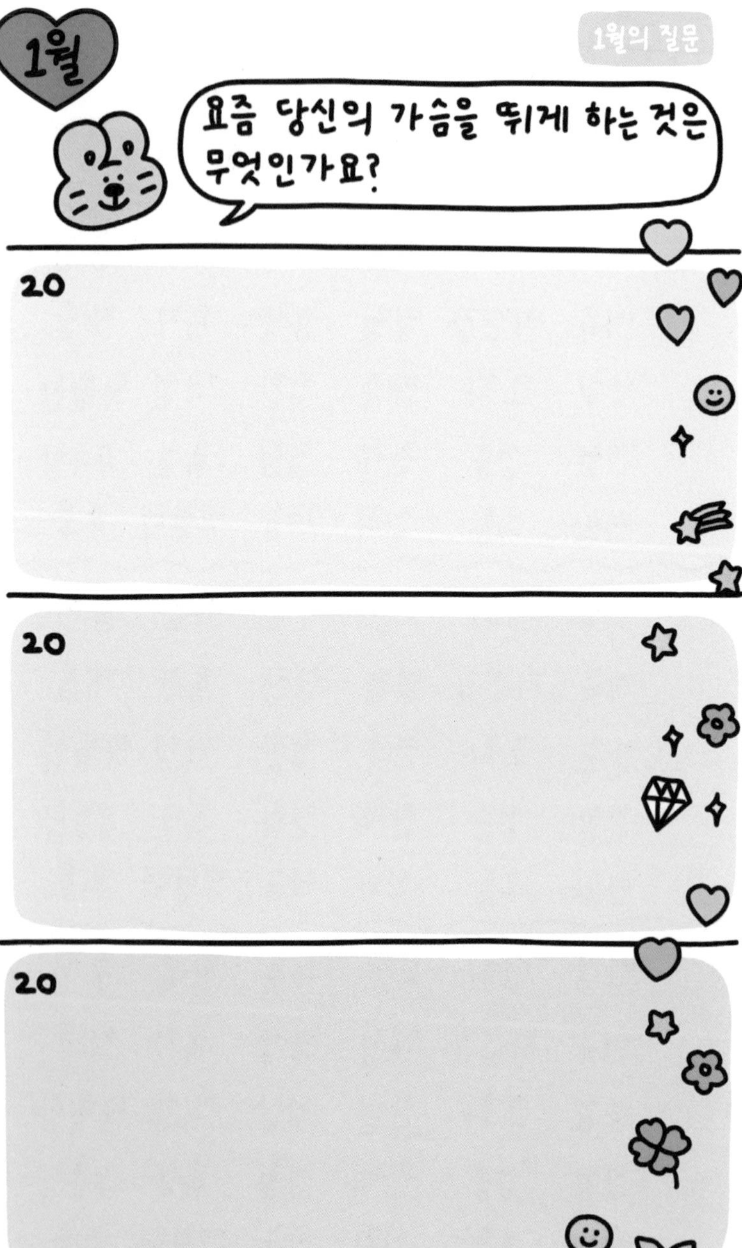
1월
요즘 당신의 가슴을 뛰게 하는 것은 무엇인가요?
20
20
20

# 1



20

20

20

HAPPY NEW YEAR

# 2

20

20

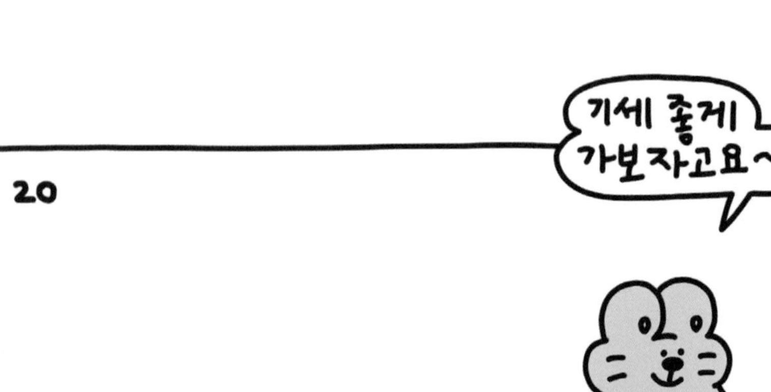
기세 좋게
가보자고요~!

20

JAN

3

20

20

20

주변 사람들의
응원과 사랑을
모아왔어요!

## 작심삼일? 4

20

20

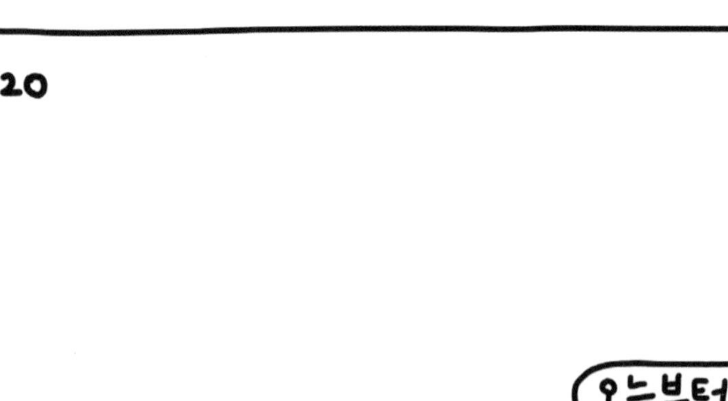

20

오늘부터 다시
시작하지, 뭐!

# 5



20

오늘은 어떤
하루였나요?

20

20

# 6

20

20

20

하루에 한 번
좋아하는 일을 하자!

# 7



20

20

20

새해 첫 주부터
내가 수고했지!

# 8

스스로를 믿어요.

20

20

20

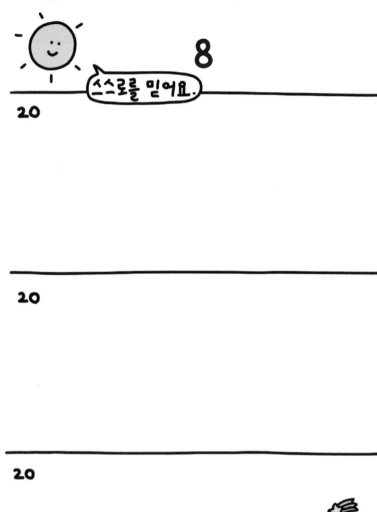

# 9



20

20

20

걱정은 얘한테 맡겨요.

20

20

20

# 11

20

20

20

# 12

20

20

20

수고했어요

# 13

20

20

20

내가나를챙긴다

오늘은 꼭

# 14

20

20

20

행복을 선택한다!

# 15



20

20

20

그리고 오늘도!
행복

# 16

20

20

20

오늘의 노력은 쌓이고 있다!

# 17



20

20

20

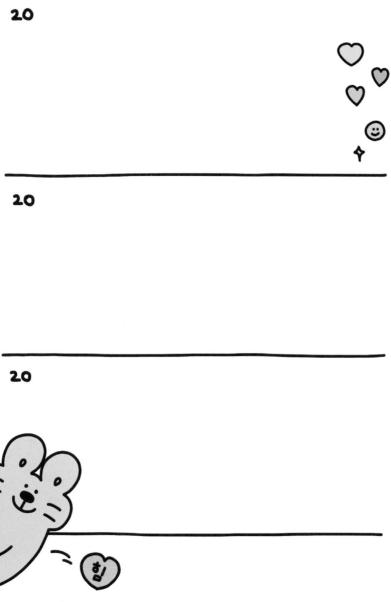

# 18

20

20

20

내가 왜 못해!
다 하지!

# 19



당신은 최고예요!

20

20

20

# 20

20

20

20

한 장 골라보세요.

# 21



20

20

20

짠!

# 22

20

20

할 수
있다

# 23

20

20

20

내가 나를
믿어야 해!

# 24

20

20

20

우리는
일류잖아요~

# 25

당신을 위하여!

20

20

20

치얼스

# 26

20

20

20

달콤한 휴식,
어때요?

# 27

20

20

20

가끔은 쉬어가도
괜찮잖아요~

# 28

20

20

난 멋져!

20

# 29

JAN

20

20

20

너는 내
자랑이야!

# 30

20

20

20

차근차근 하면
다 할 수 있어요!

# 31



20

20

20

진짜 내가
수고했다!

2월



요즘 당신의 가슴을 뛰게 하는 것은 무엇인가요?

20

20

20

# 1

FEB

20

20

20

그냥 일단
가볼까요?

잊지 마 2

20

20

20

가장 중요
한 것 =
♡나♡

# 3



20

20

20

용
기

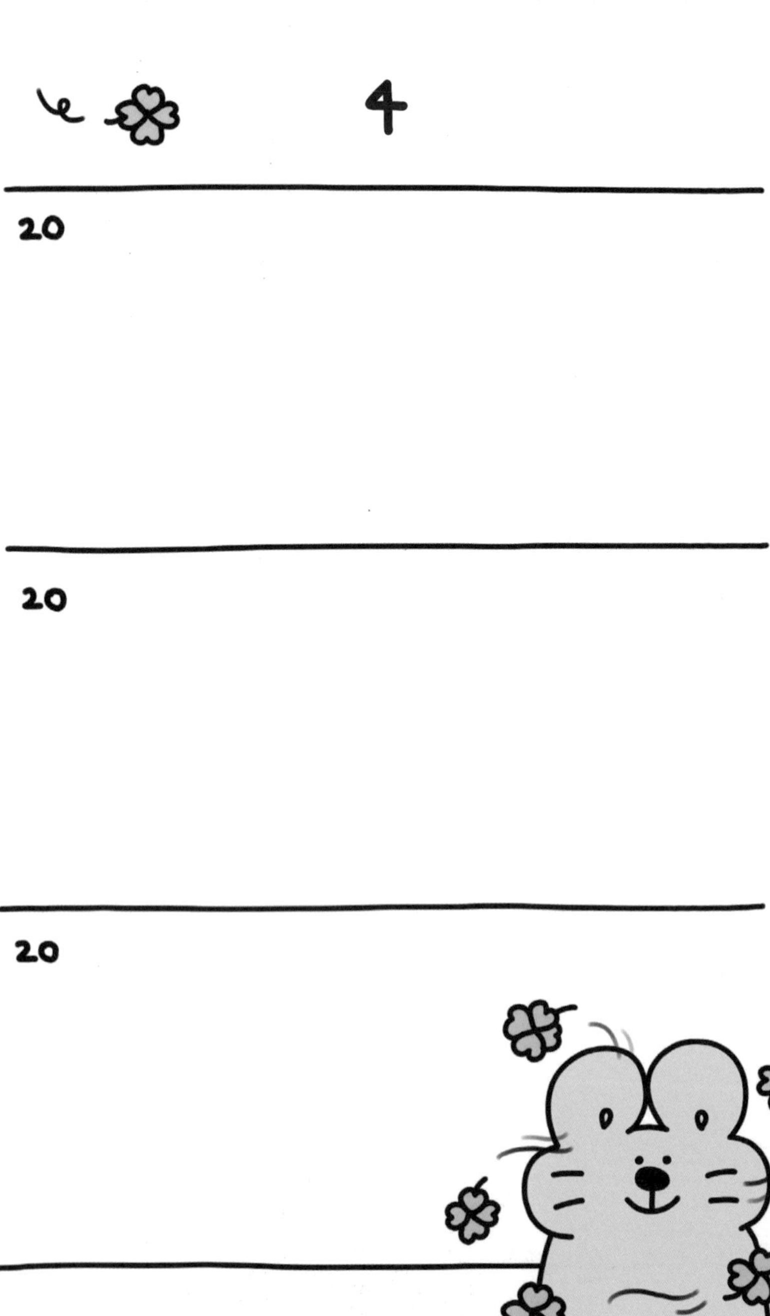

4

20

20

20

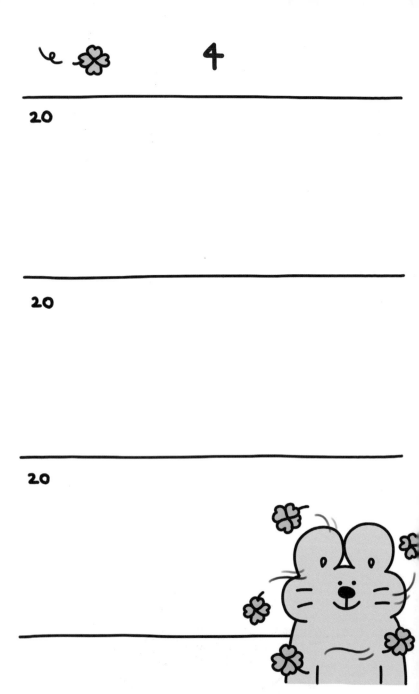

# 5



20

20

20

오늘도
내가
수고했지

# 6

20

20

난

20

귀여워...

# 7



20

20

20

괜찮아요.

# 8

20

20

20

걱정 마!
걱정 마!

# 9

FEB

20

20

20


네 뒤엔
우리가
있어!
늘!

# 10

20

20

20

그래도
해보자고요!

# 11

FEB

20

20

20

우리는 매일
똑똑해지고
있어요...

# 12

20

20

20

# 13

FEB

20

20

20

나는 내가
좋아요.

# 14

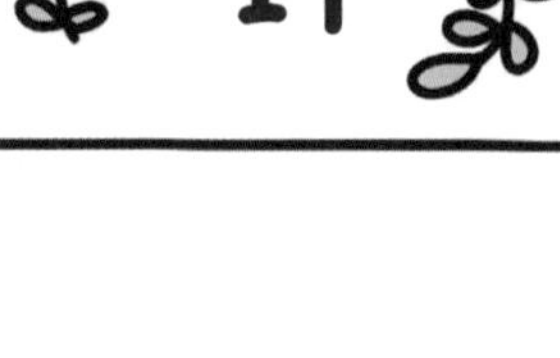

20

20

당신의
호흡을
잃지 마세요!

20

# 15

FEB

20

20

20

~♪
인생은
아름다워~

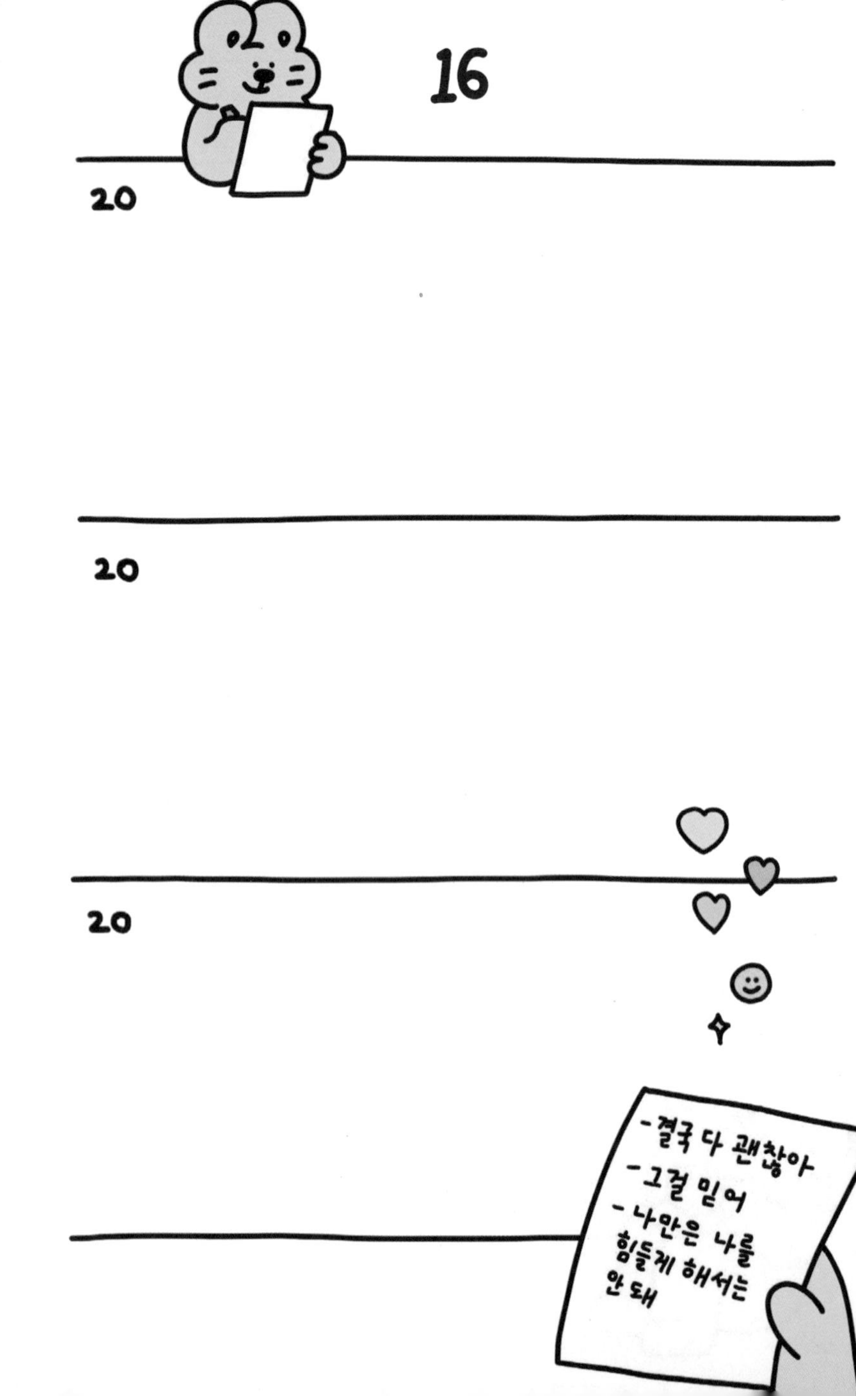
16
20
20
20
-결국 다 괜찮아
-그걸 믿어
-나만은 나를 힘들게 해서는 안 돼

# 17

FEB

20

20

20

당신의 생각대로
이루어집니다.

18

20

20

20

잡았다!
기회

19

20

20

20

여유는
누리는 자의
몫이지요.

# 20

20

20

20

하고 싶은걸 해!
내가 있잖아!

# 21

FEB

20

20

20

응원

# 22

20

20

20

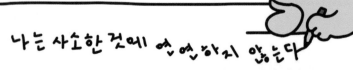

나는 사소한 것에 연연하지 않는다

# 23

20

20

20

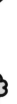

감당할 수 없는 걸
피해가는 것도
용기고 지혜야.

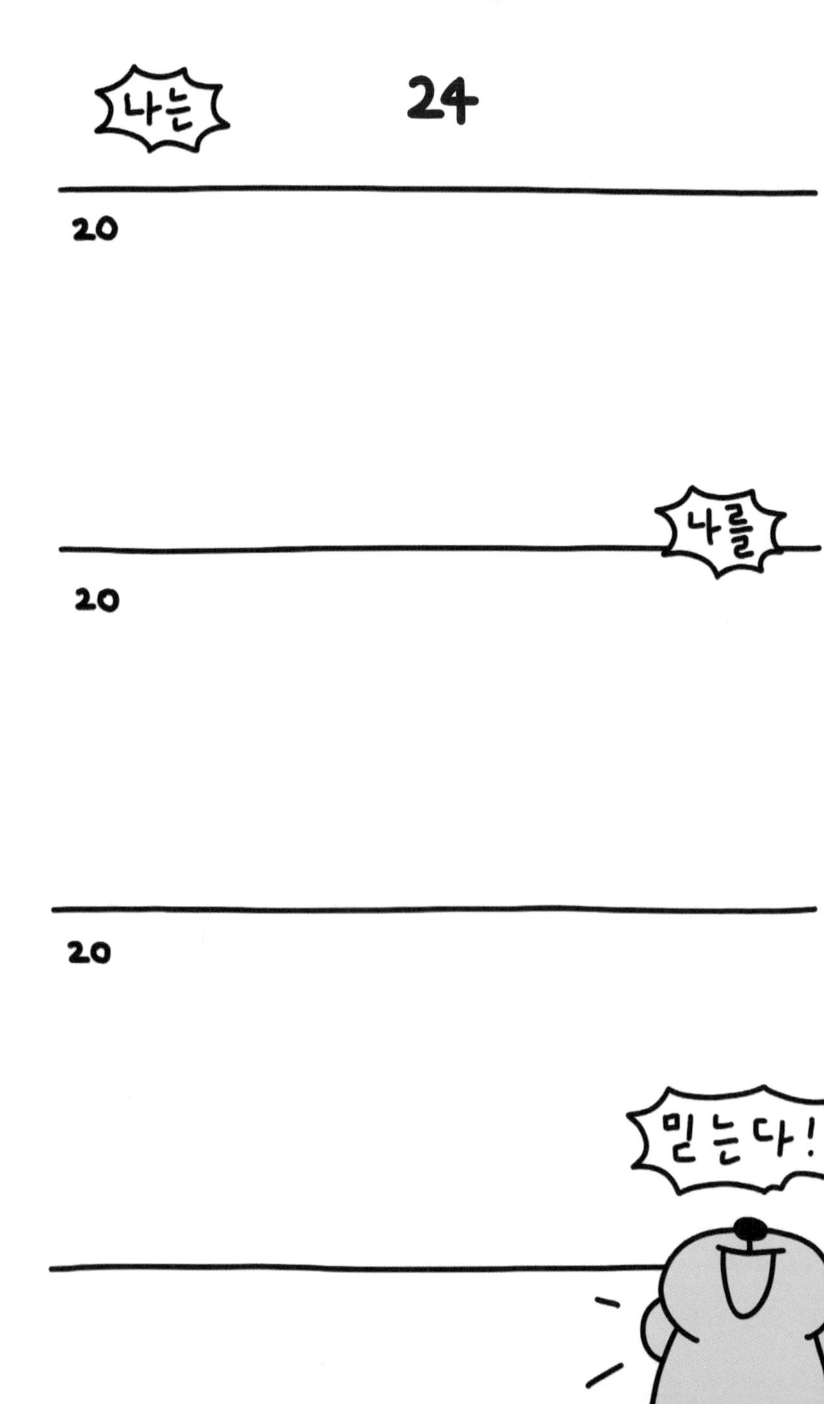
나는
24
20
나를
20
20
믿는다!

25

FEB

20

20

20

믿는다~
믿는다~
믿는다~

# 26

20

가자!
마음껏 이루러!

20

20

27

나는 네 편이야.

20

나도!

20

우리도!

20

FEB

# 28

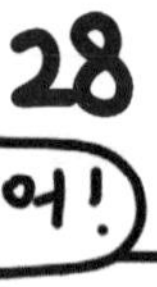
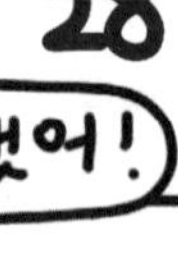

이만하면 잘했어!

20

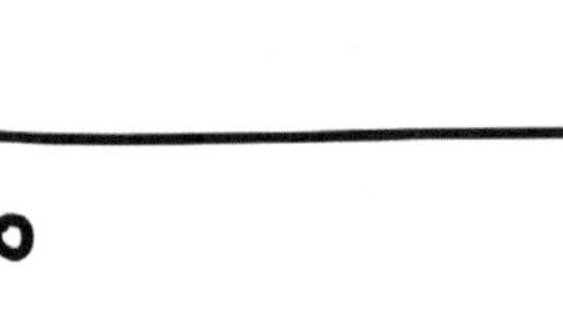

20

20

수고했어!

# 29

20

20

20

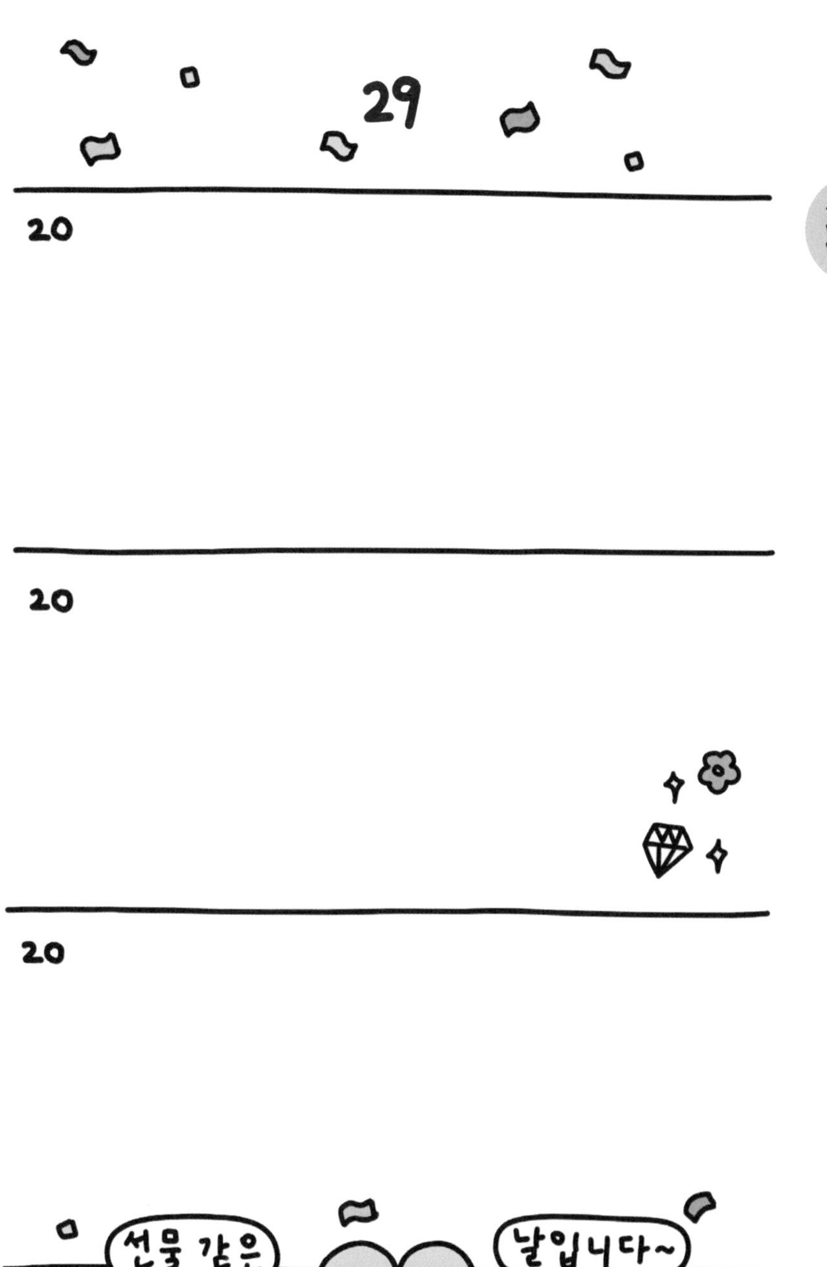
선물 같은
날입니다~

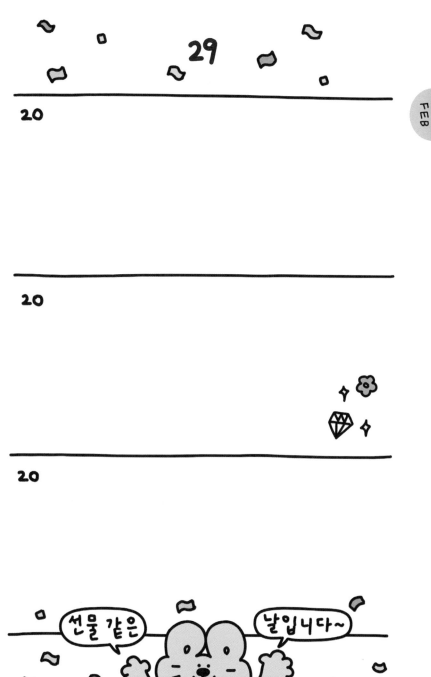

# 3월

요즘 당신의 가슴을 뛰게 하는 것은 무엇인가요?

20

20

20

# 1

MAR

20

20

20

간절한 바람은
이루어져요.

# 2

20

20

20

좋은 일

# 3



20

20

20

힘

# 4

20

다 좋으려고 하는 건데

20

20

POP
너무 스트레스
받지 말자!

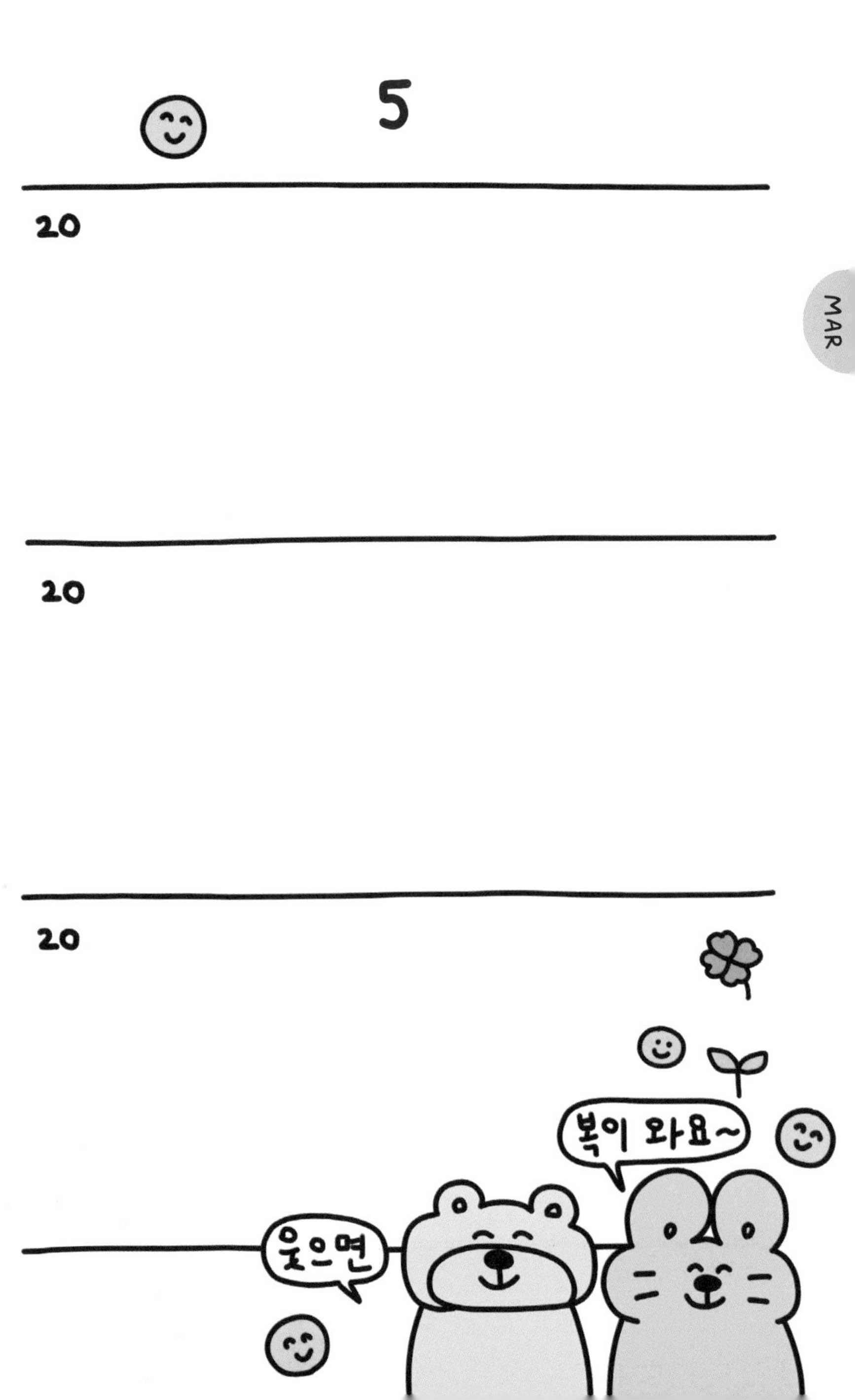
5
MAR
20
20
20
웃으면
복이 와요~

# 6

20

20

20

당신의 행복을
빌게요.
소원돌탑

# 7

20

20

20

MAR

주변 소음에
휘둘리지 마세요!

# 8

20

20

20

조바심 낼 것
없어요.

# 9

20

20

20

중요한건 '내 마음'!

MAR

# 10

어제도

20

오늘도

20

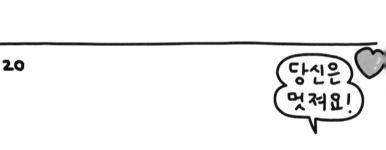

20

당신은
멋져요!

# 11

20

20

20

MAR

나는!
강하다!

# 12

20

가벼운 마음으로는

20

20

어디든 갈 수 있어!

# 13

20

내 앞에

20

가장 좋은 길이

20

마법처럼 펼쳐진다!

# 14

20

20

이거 받아
당장!

20

용기
자신감
확신

# 15

20

20

20

좋은 마음을 먹자!

MAR

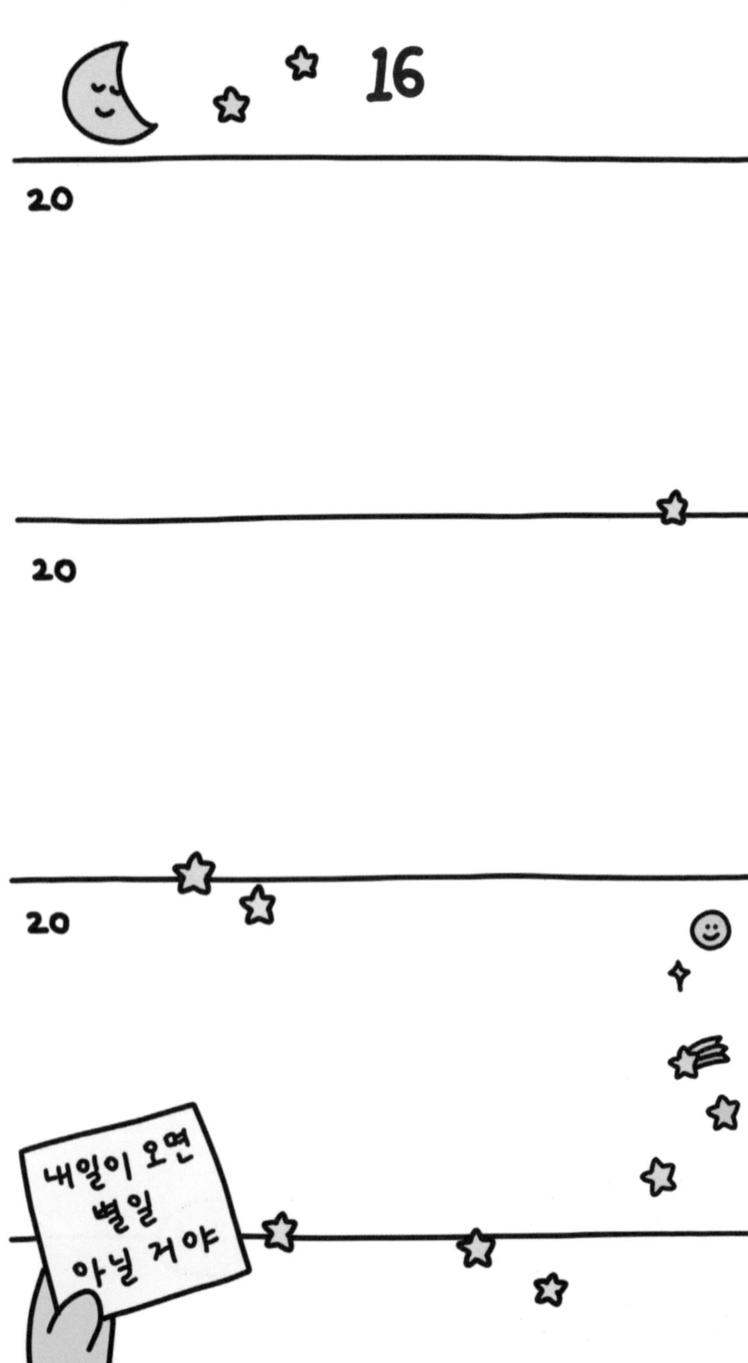
16
20
20
20
내일이 오면
별일
아닐 거야

20

20

20

내일 나는
더 멋질거야!

# 18

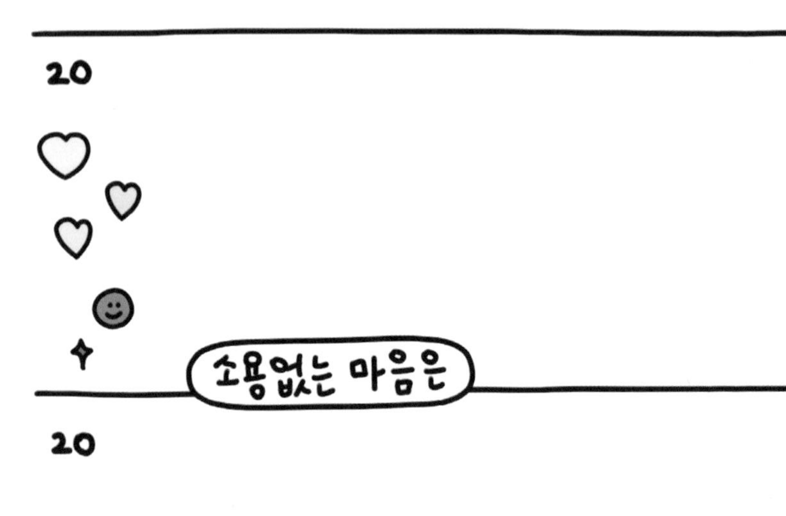

소용없는 마음은

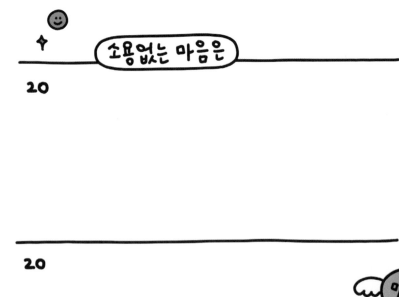

20

20

20

미뤄두어요.

걱정

후회

잘가~

# 19

20

이 세상

20

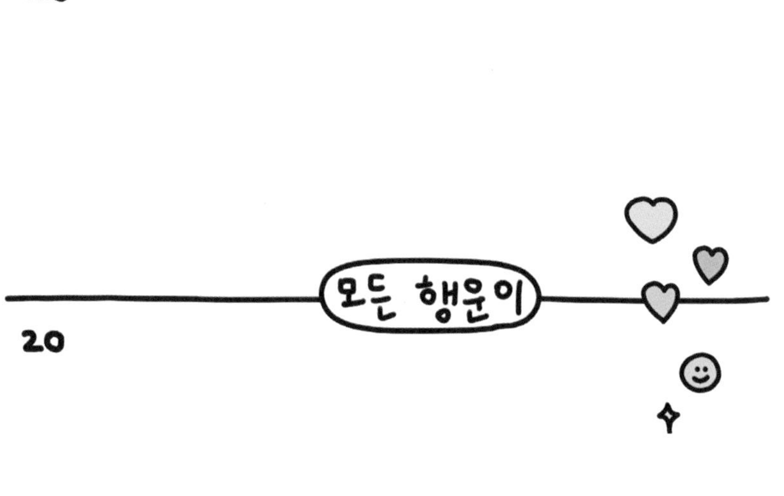
모든 행운이
20

당신에게

전해졌기를!

MAR

# 20

20

나는 오늘

20

20

용기를 낸다!

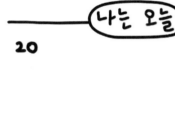

# 21



20

20

20

나는 지금

행복할 거야!

# 22

20

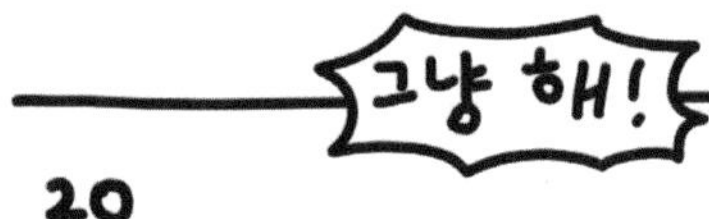
그냥 해!

20

20

해보기도 전에
겁먹을 셈이야!?

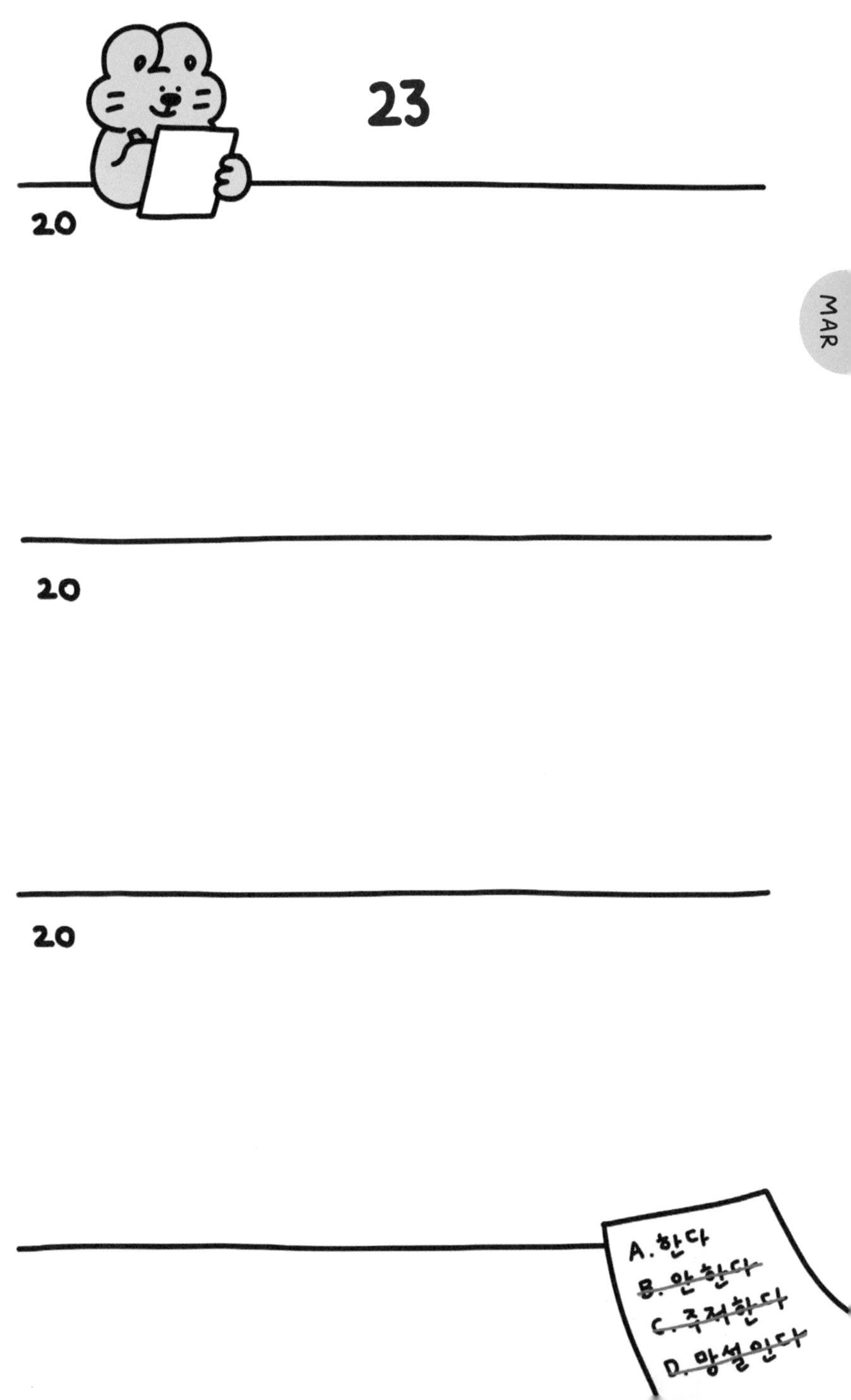
23
MAR
20
20
20
A. 한다
B. 안 한다
C. 주저한다
D. 망설인다

# 24

20

20

20

힘들면 쉬어가도 괜찮아요.

25



20

20

20

비법은
'꾸준함'이야!

# 26

20

조금씩

20

조금씩

20

나는 계속 성장한다!

# 27



20

20

20

BE HAPPY

# 28

20

20

20

당신을

응원합니다!

# 29

20

우리가

20

20

수고 많았다!
짠!

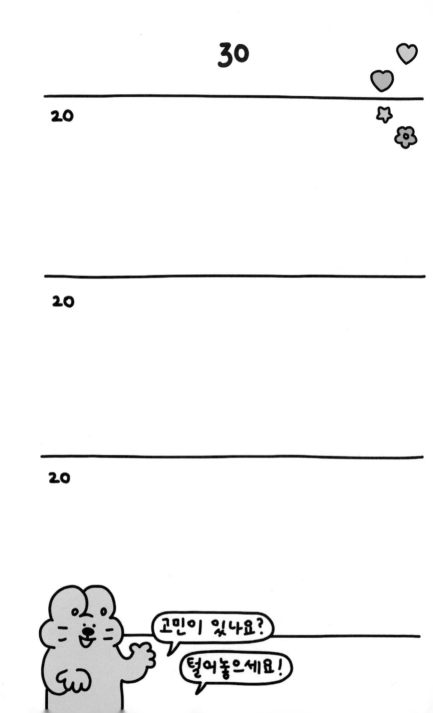

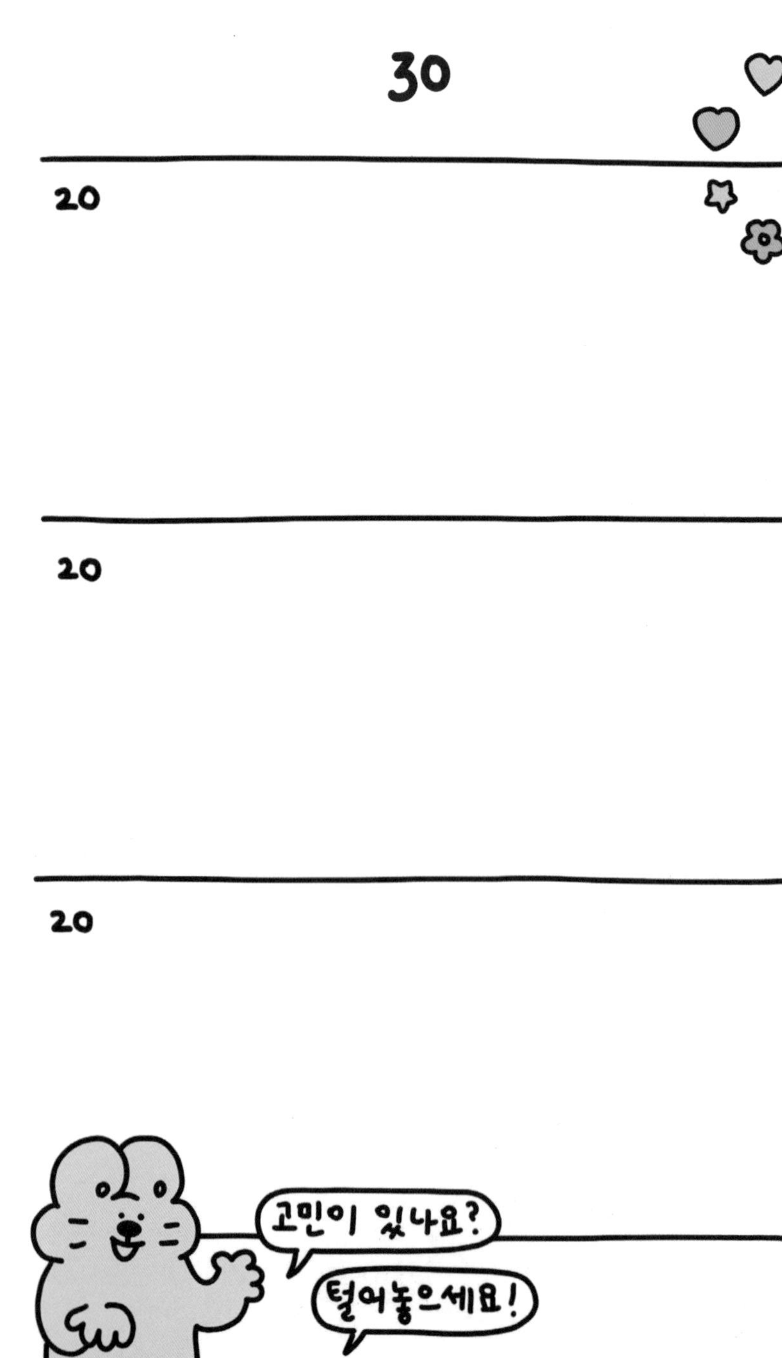
30
20
20
20
고민이 있나요?
털어놓으세요!

# 31

20

20

20

흘려보내세요.

고민

4월



요즘 당신의 가슴을 뛰게 하는 것은 무엇인가요?

20

20

20

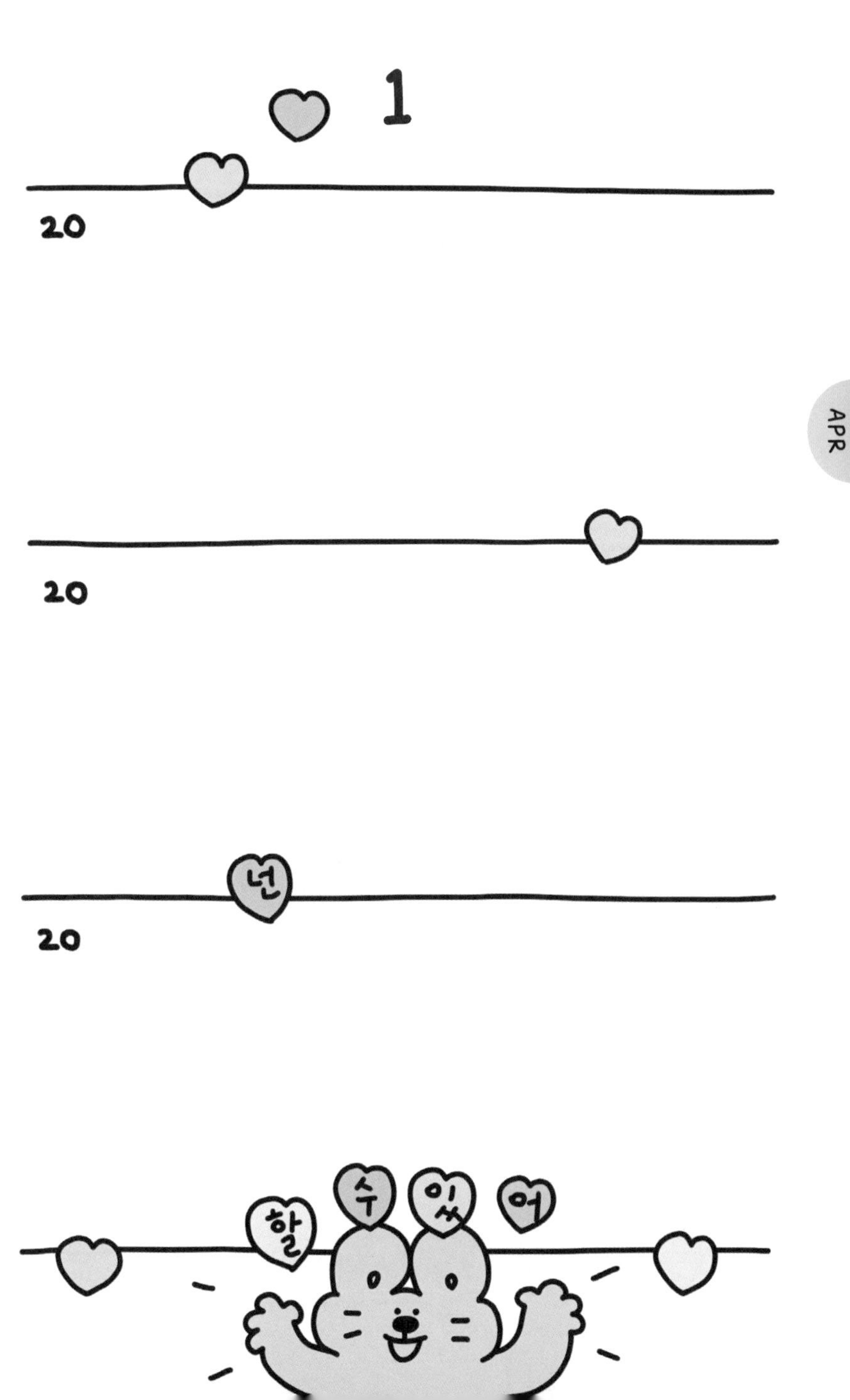
1
20
20
넌
20
할 수 있어
APR

# 2

기쁜 날도

20

20

슬픈 날도

20

모두 함께해.

# 3

20

20

20

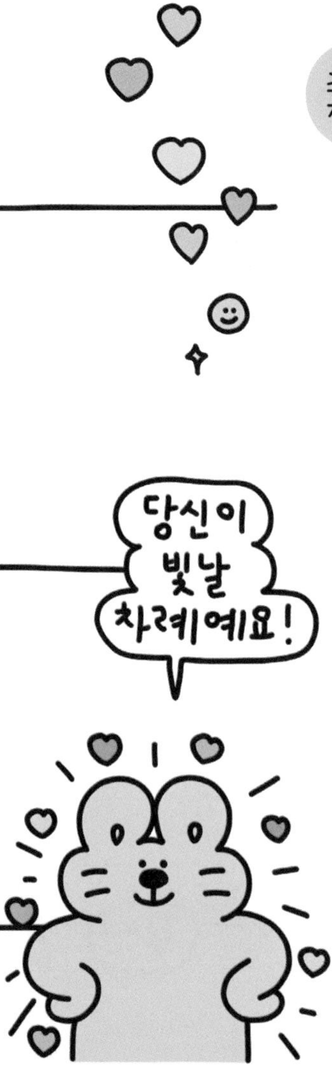

당신이
빛날
차례예요!

APR

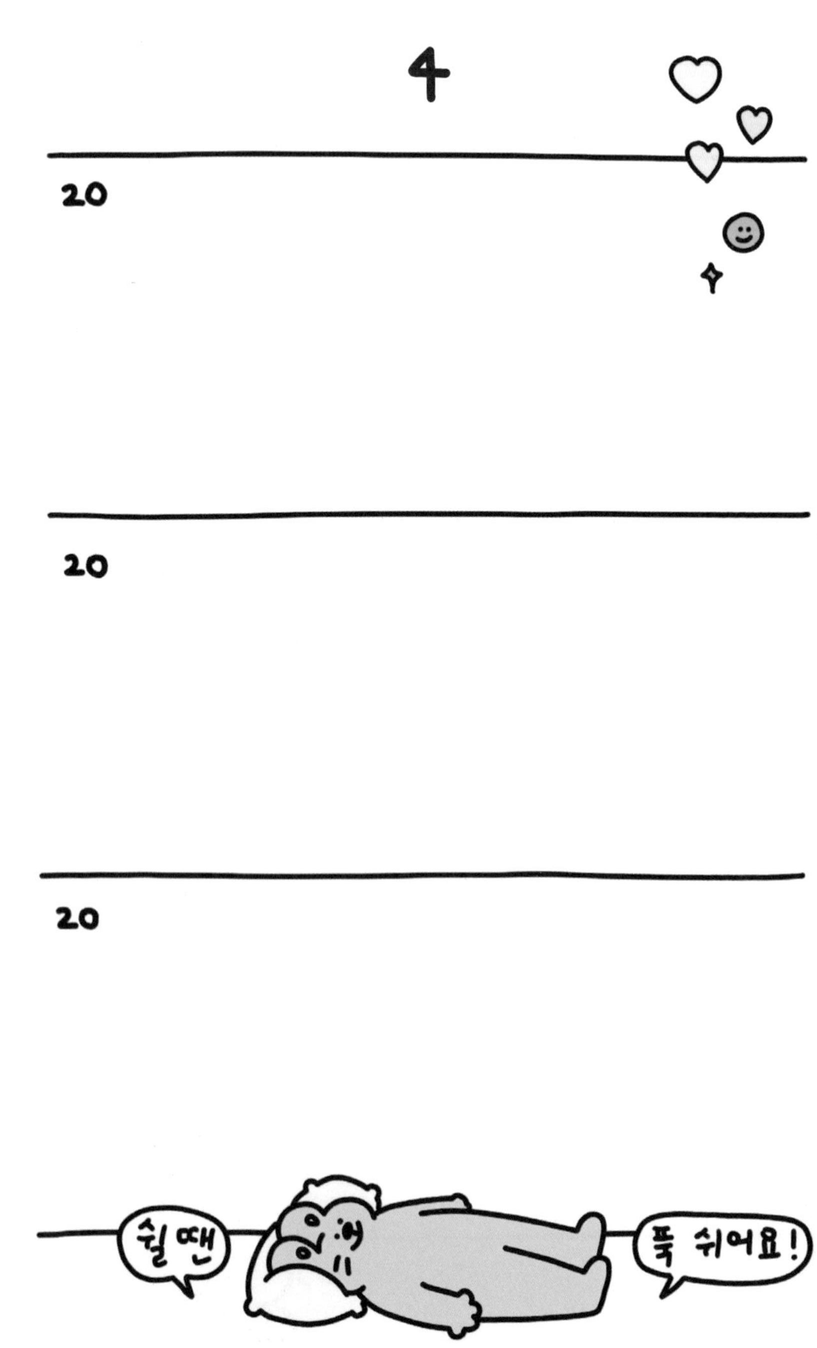
4
20
20
20
쉴 땐
푹 쉬어요!

5

20

20

20

할 땐 또 하니까!

# 6

20

20

20

행복은

어디에나
있어요!

# 7



20

20

20

당신은

있는 그대로

멋져요!

# 8

20

20

20

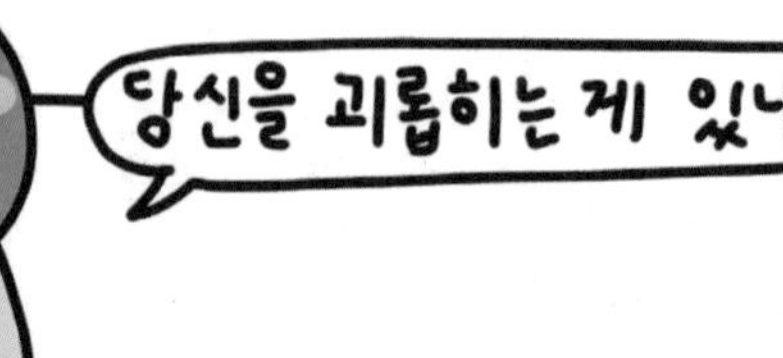
당신을 괴롭히는 게 있나요?

# 9

20

20

20

너무 괴로운 건
피하세요!

APR

# 10

20

20

요즘 나의
힐링은...?

# 11

20

20

20

당신을
우선순위에
두세요.

APR

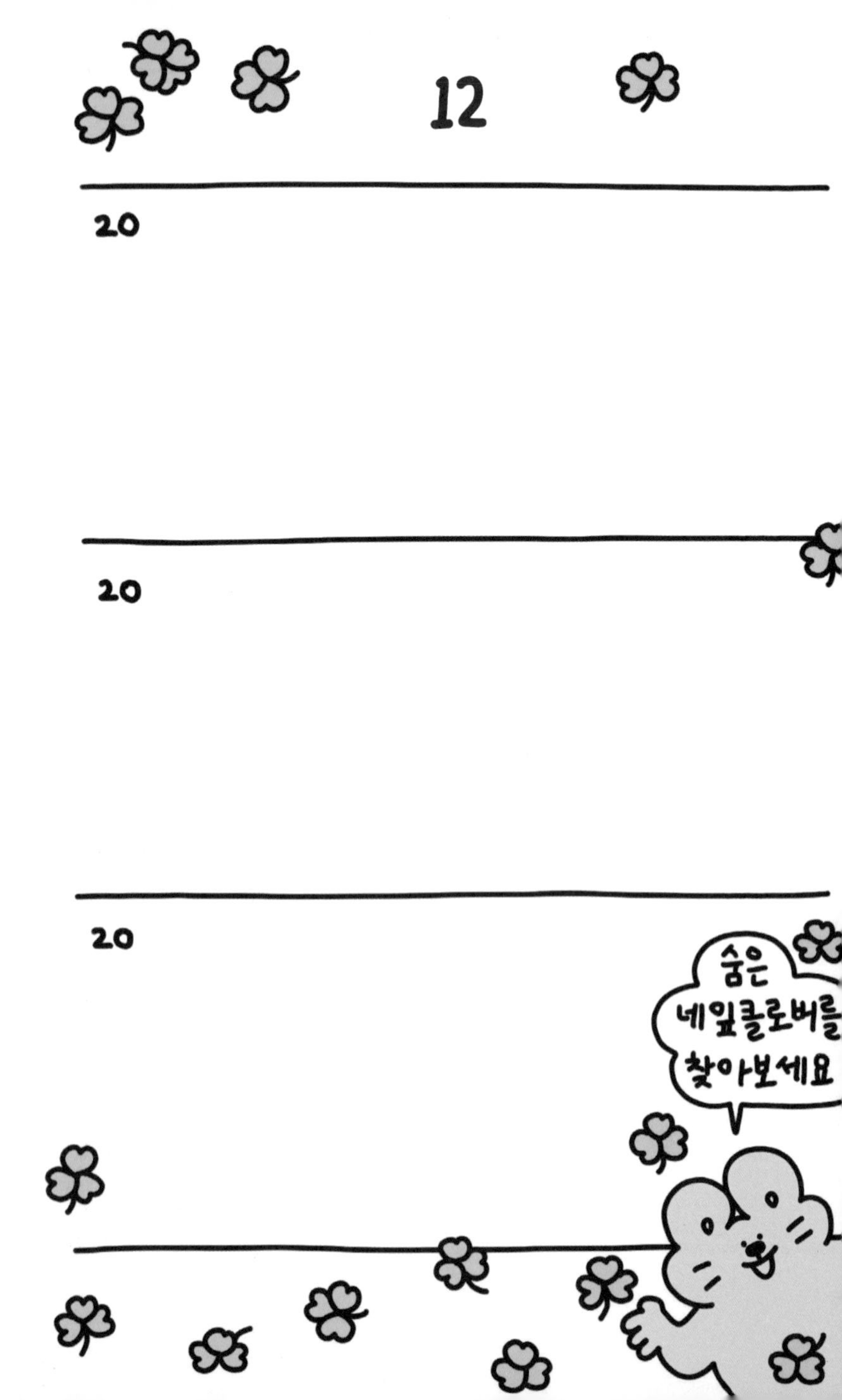
12
20
20
20
숨은
네잎클로버를
찾아보세요

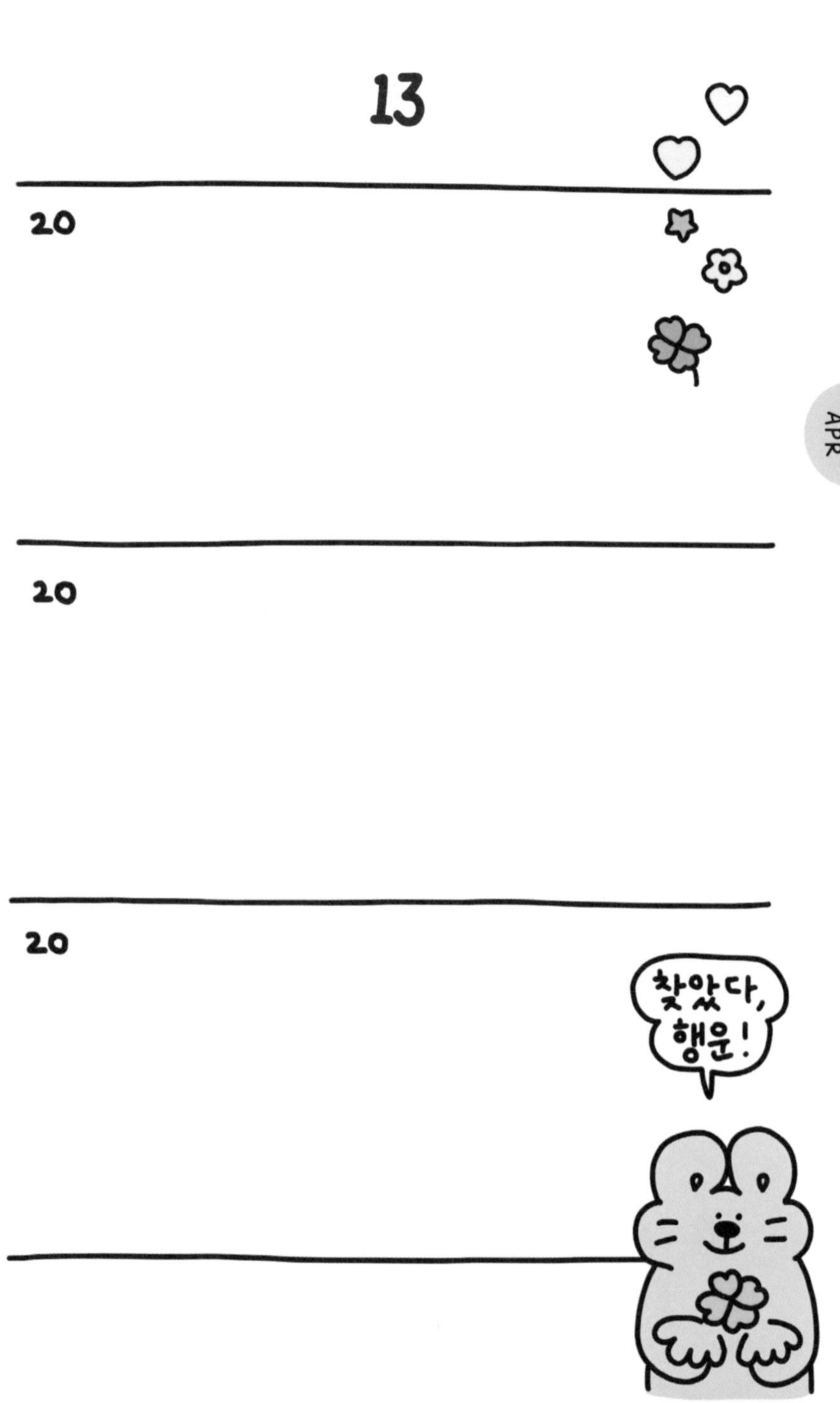
13
20
20
20
찾았다,
행운!
APR

14

당신의

20

리듬으로

20

20

움직이세요~

# 15

20



20

20

마음먹은 대로
이루어져요.

# 16

20

20

20

우리는
모두
소중해!

# 17

20

20

20

난 내가 가진 힘을 믿어.

APR

# 18

20

20

20

너무
스트레스
받지 마!

20

20

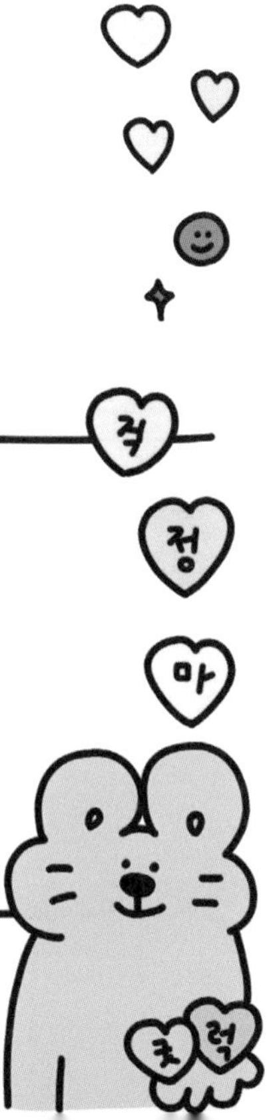

20

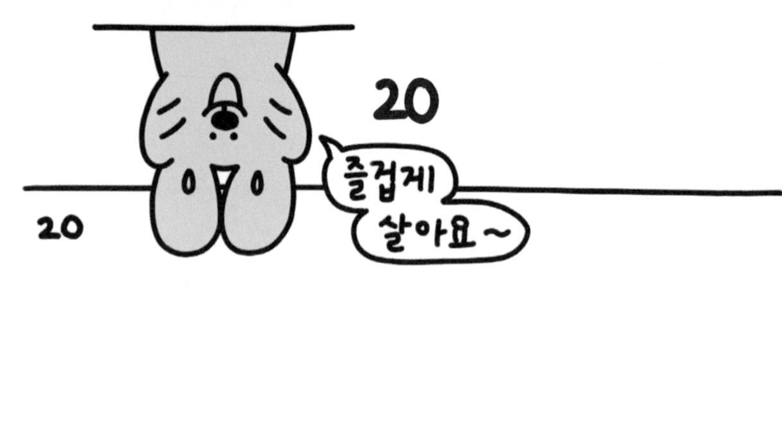
20
즐겁게 살아요~

20

20

20

# 21

20

20

20

나는 성공할 운명을 타고났다!

## 22

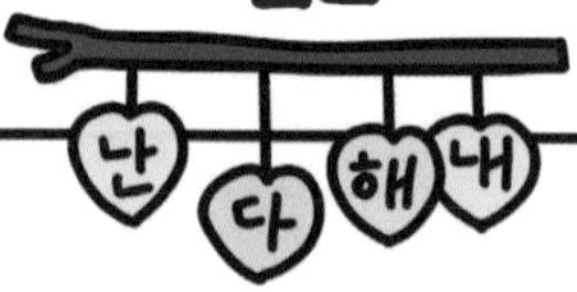

난 다 해내

20

20

20

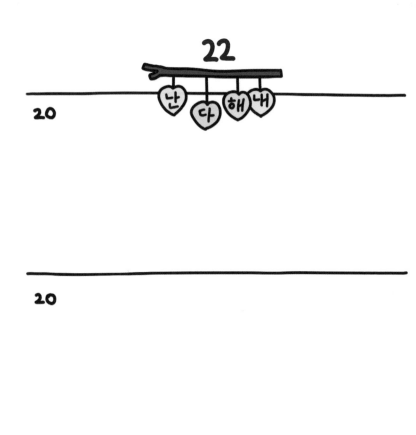

# 23

다 해낼 수 있어!

20

20

20

용기를 낸다면!

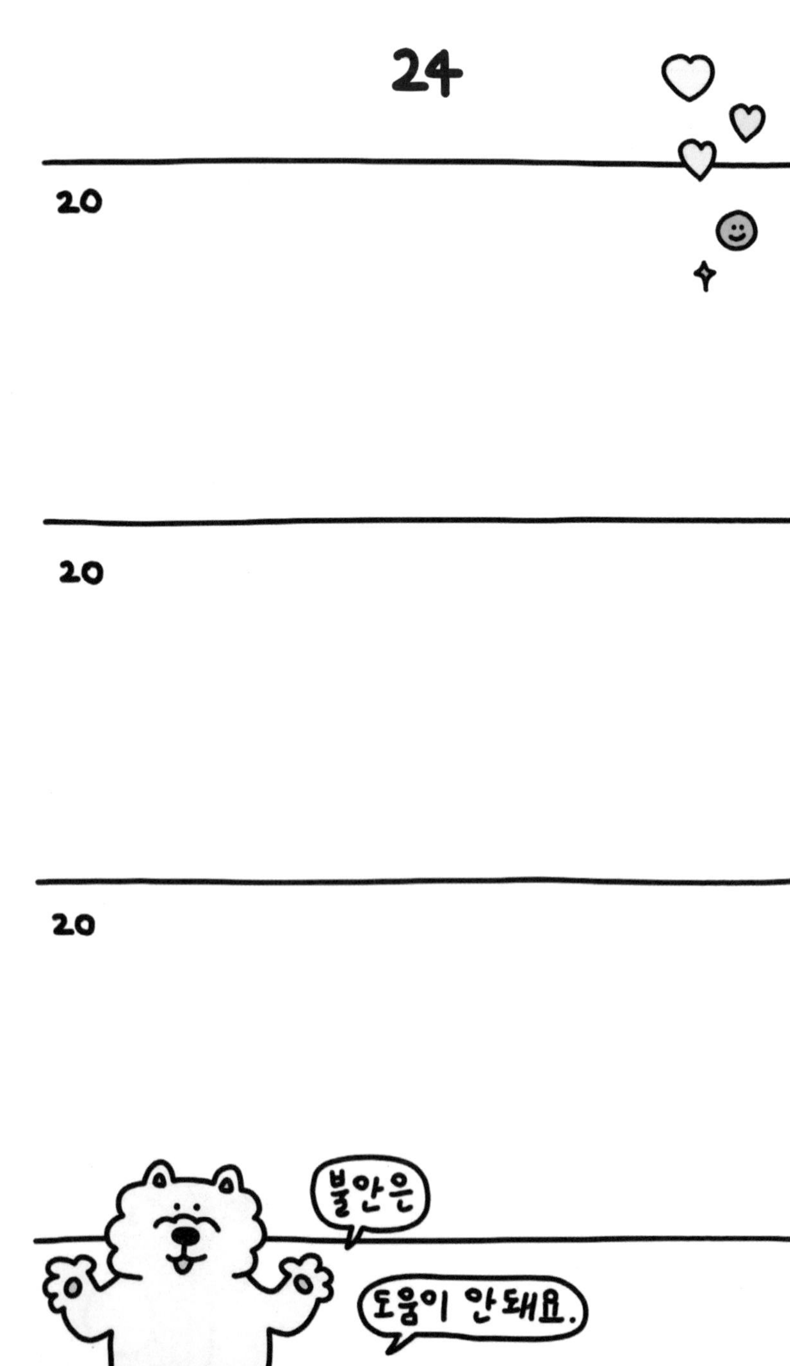
24
20
20
20
불안은
도움이 안돼요.

# 25

20

20

20

걱정 말아요.

26

나는

20

지금

20

20

행복해진다!

27

APR

20

20

20

PLAN
해낸다

# 28

20

20

20

부담을 내려놓아요.

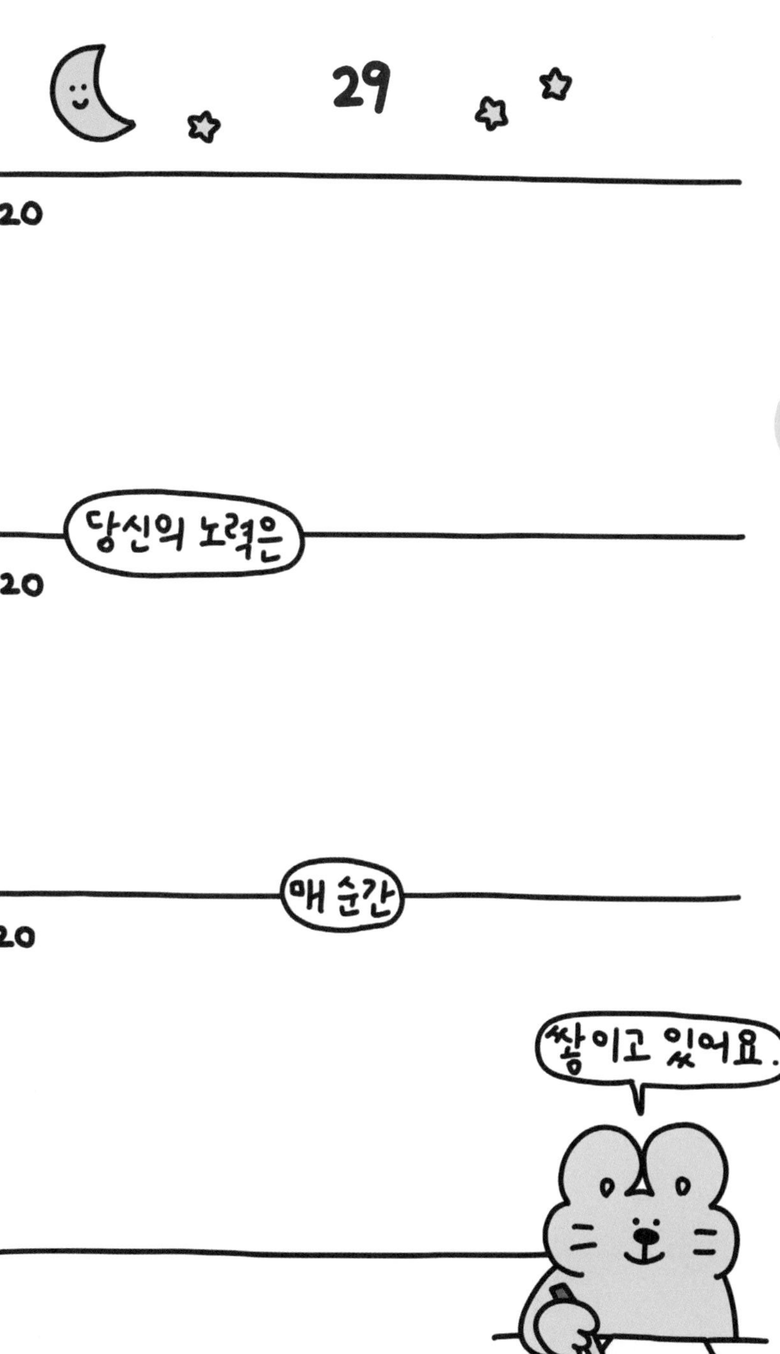
29
20
당신의 노력은
20
매 순간
20
쌓이고 있어요.

30

어느 날

20

20

빛을 발할 거예요.

20

야

호

요즘 당신의 가슴을 뛰게 하는 것은 무엇인가요?

20

20

20

# 1

20

20

20

매일 한 걸음씩

MAY

# 2

20

20

20

힘

# 3

20

20

20

내일은 더
행복할거야!

MAY

# 4

20

20

20

나는 넘어져도
다시 일어나!

5

20

20

20

# 6

일어나지 않은 일을

20

미리 과도하게

20

20

걱정하고 있진 않은가요?

# 7

20

MAY

스트레스

20

20

그만!

# 8

20

20

20

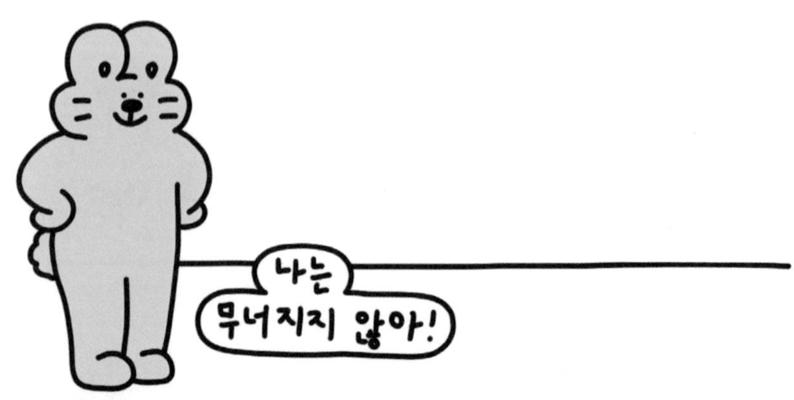
나는
무너지지 않아!

# 9

20

20

20

큰일 안나요.

10

20

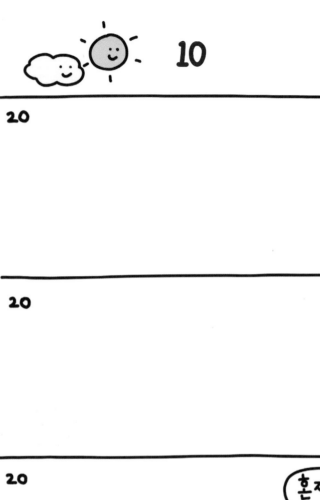

20

20

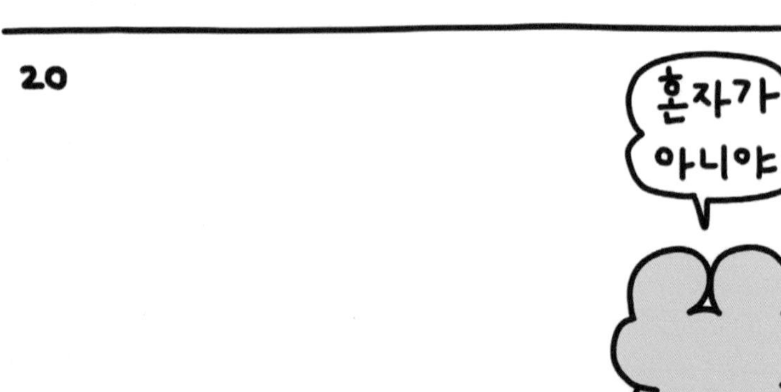
혼자가
아니야.

# 11

20

20



20

함께

지나가자.

# 12

20

의심하지마!

20

20

할
수
있어!

13

내 선택을

20

20

좋은 선택으로
만들 거야.

20

BOOK
BOOK

14

20

20

20

여유를 가지고
차근차근!

# 15

20

20

20

MAY

# 16

20

다 좋자고 하는 일인데

20

20

너무
무리하지 마!

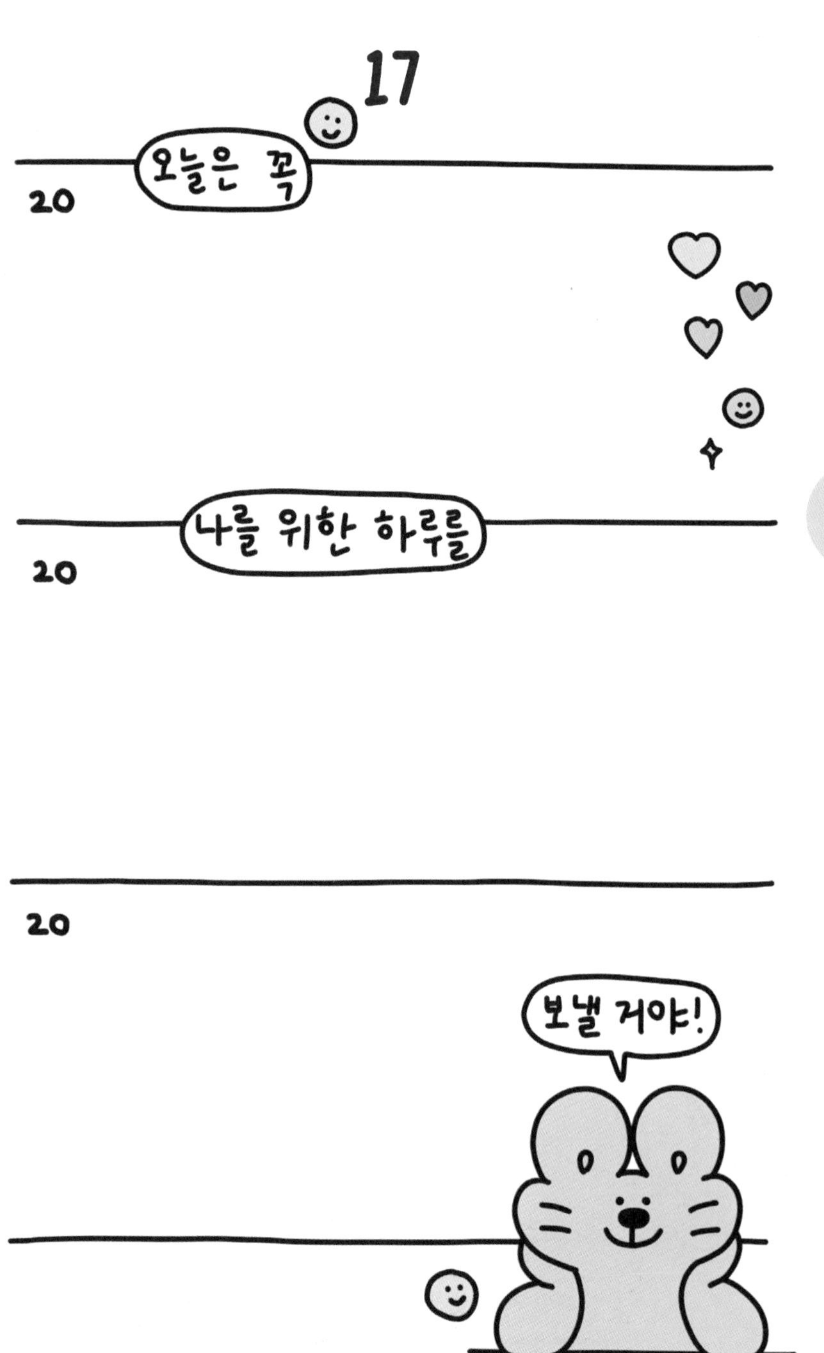
17
오늘은 꼭
20
나를 위한 하루를
20
20
보낼 거야!
MAY

# 18

20

20

20

당신에게 좋은 일이 생길 거예요!

# 19

20

20

20



우리가
네 편에
설게!

20

20

20

20

당신의 날이 밝았어요!

20

20

20

기죽지마

# 22

20

20

20

날 믿자!

# 23

20

20

20

중요 한건 방향이야!

MAY

24

20

20

20

행운이
나를 따라다녀!

# 25

20

20

20

내가 여기에 있어.
언제나!

26

20

20

20

부정적인 생각
왜 해?!

# 27



20

20

20

해볼까?
응!!!

# 28

최선을 다하되

20

20

20

집착하지 말자!

# 29

20

20

20

노력은
어디 안 가.

# 30

20

20

20

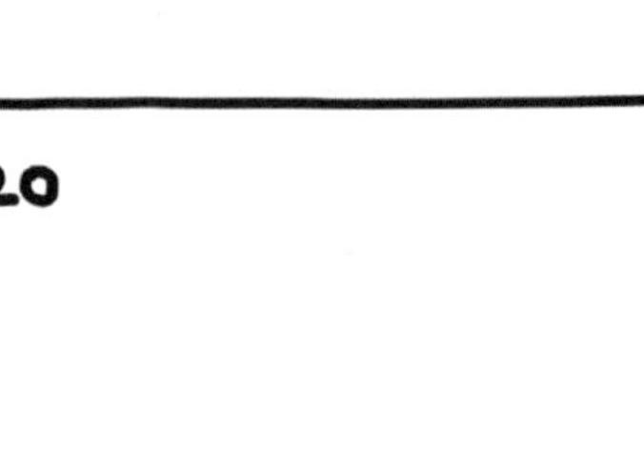

된다!
된다
된다!

# 31

20

20

20

지금처럼...!

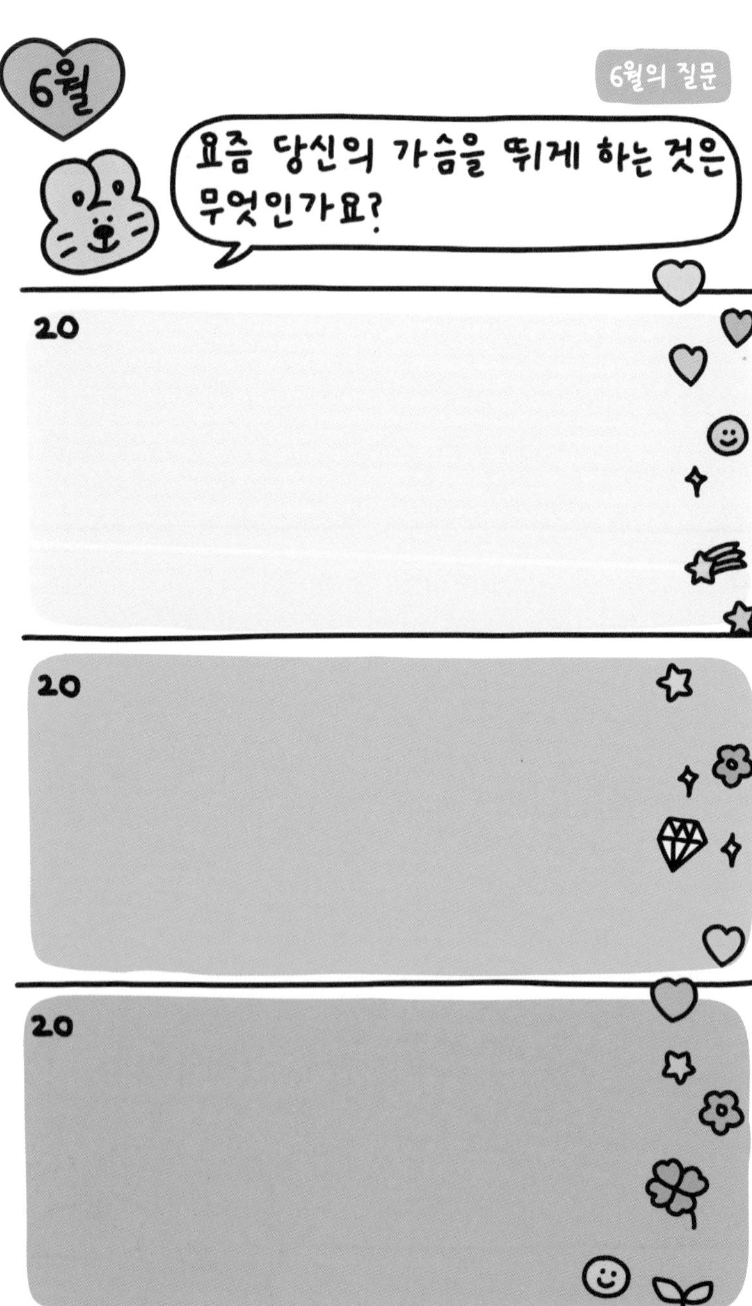
6월
6월의 질문
요즘 당신의 가슴을 뛰게 하는 것은 무엇인가요?
20
20
20

1

된다!

20

20

이룬다!

20

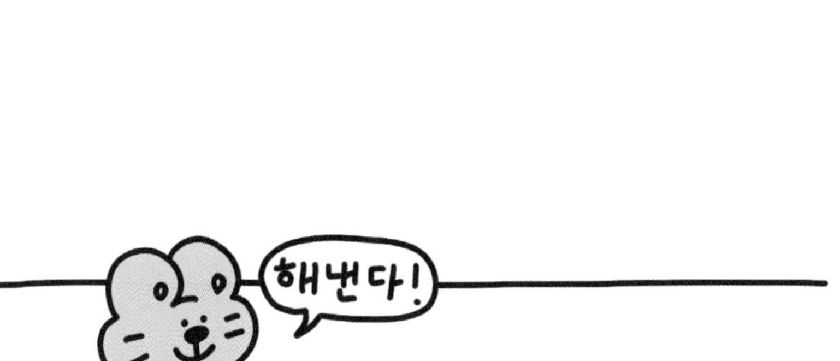
해낸다!

# 2

20

좋아하는 것에

20

더 많은 시간을 보내기로

20

다짐해요!

# 3

20

끝까지

20

JUN

해내는

20

힘!

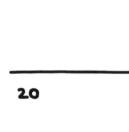

# 4

20

20

20

쫄
지
마

# 5

20

힘들 땐

20

주변을 둘러봐.

20

짠!

JUN

# 6

20

20

20

귀여우니까
뭐든 할 수 있어!

# 7

20

적극적으로

20

JUN

20

행복을
찾아나서요!

# 8

20

20

20

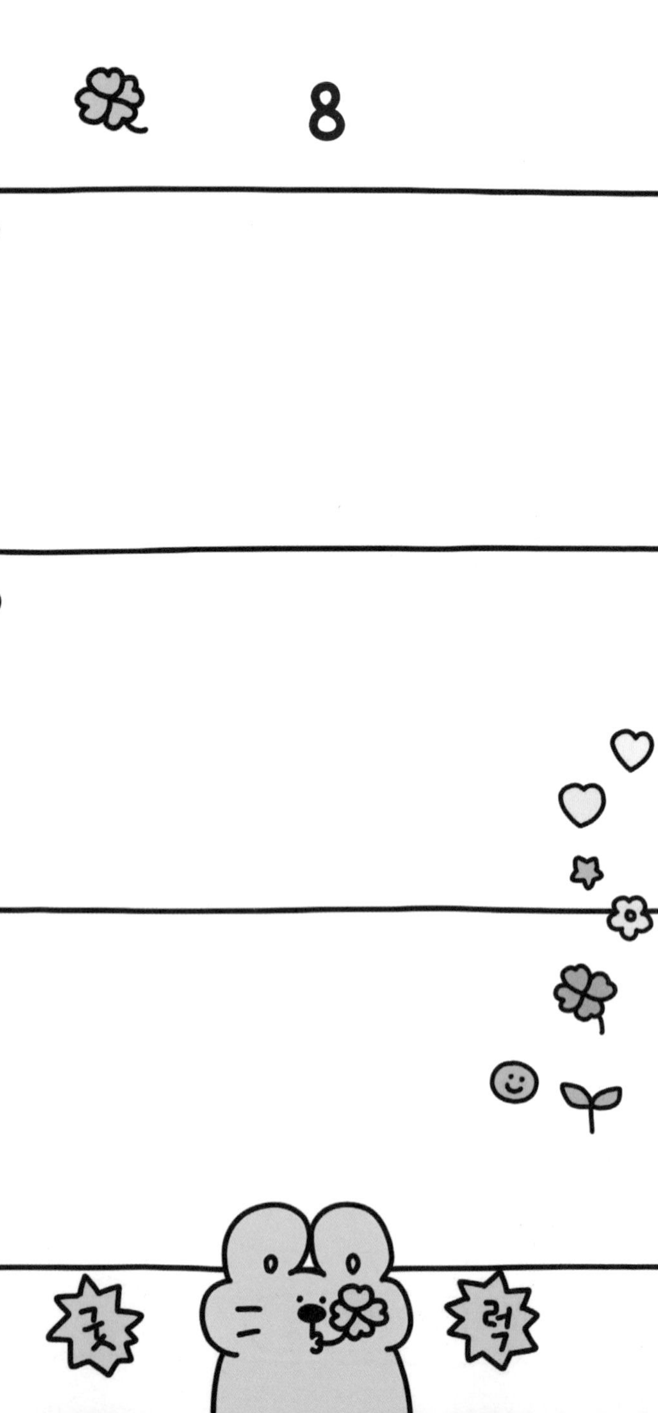
굿
럭

# 9

20

20

20

험한 세상

웃어 넘겨요~

JUN

# 10

20

중요한 것만

20

신경 쓰기에도

20

시간은 모자라요!

# 11

20

확인 받으려

20

애쓰지 않아도 돼.

20

너는 이미
좋은 사람이야.

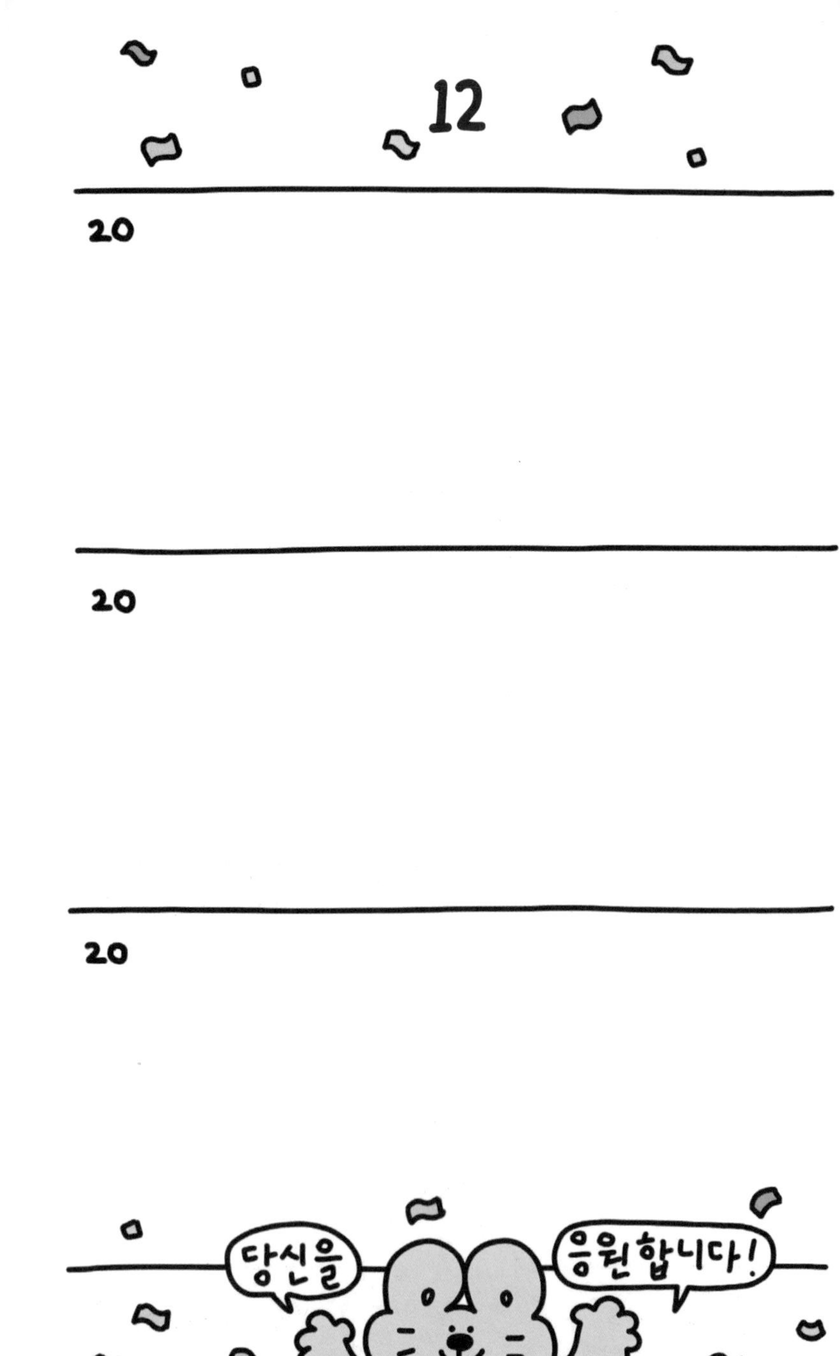
12
20
20
20
당신을
응원합니다!

13
20
20
20
미리
걱정하지
말아요.
JUN

# 14

20

오늘

20

당신은

20

행복한가요?

# 15

20

당신이

20

오늘

20

행복하길 바라요.

JUN

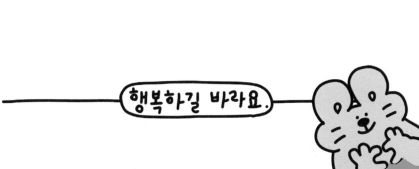

# 16

20

20

20


하는 거야.
그러네.

# 17

20

20

JUN

20

부담없이 해

# 18

20

20

20

오늘 목표
힘 빼기

# 19

크게 웃어보아요!

20

20

20

하 하 하 하

JUN

20

20

20

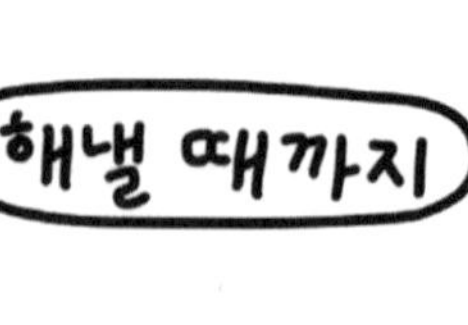
해낼 때까지

20

한다!

# 21

20

20

20

꾸미지 않아도
멋져요!

# 22

20

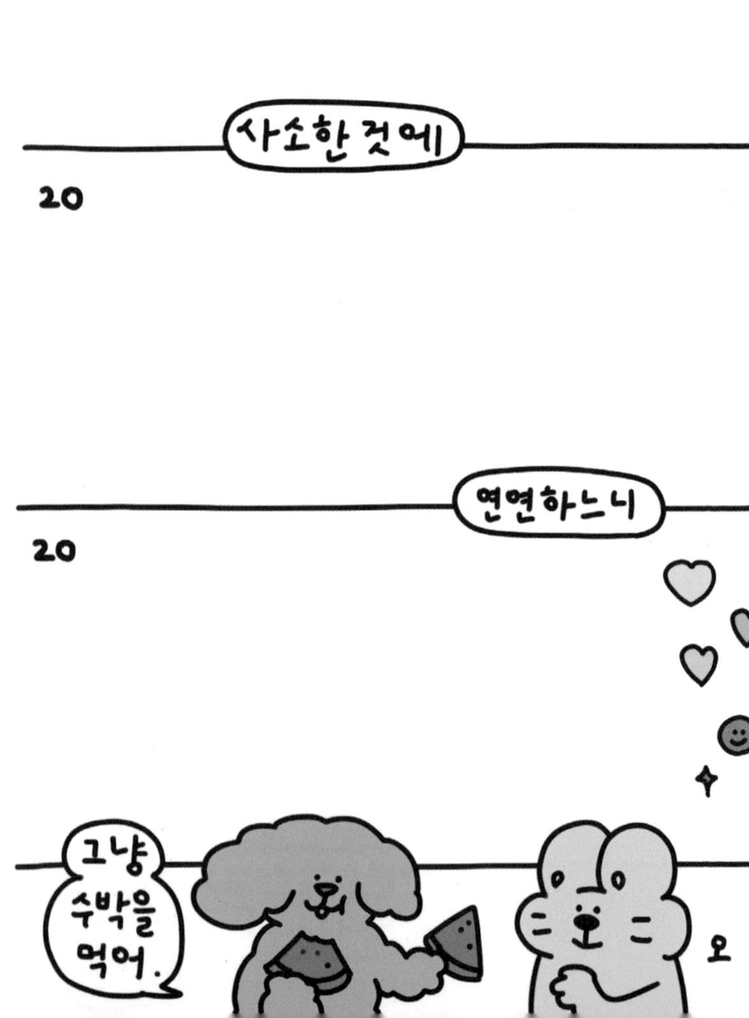
사소한 것에
20
연연하느니
20
그냥 수박을 먹어.
오

# 23

20

20

잘 먹고

20

잘 살자!

JUN

# 24

20

마음만 먹으면

20

20

무엇이든 될수 있어!

# 25

20

조금 느리고

20

바보 같아도

20

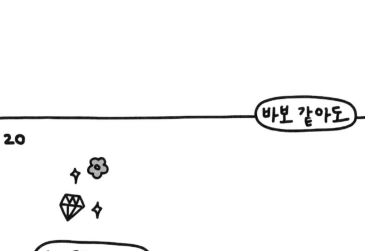

소신껏 살자!

# 26

20

쉬엄쉬엄 가면

20

더 멀리,

20

더 오래 갈 수 있어!

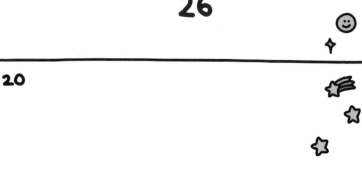

# 27

20

20

오늘은 '행복'으로 마무리할래.

20

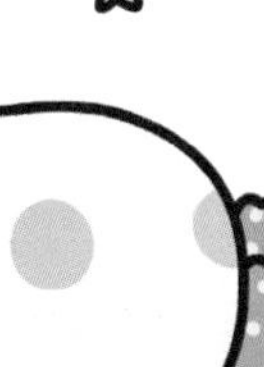

JUN

28

20

너의 노력은

20

단단한

20

밑거름이 될거야.

# 29

20

20

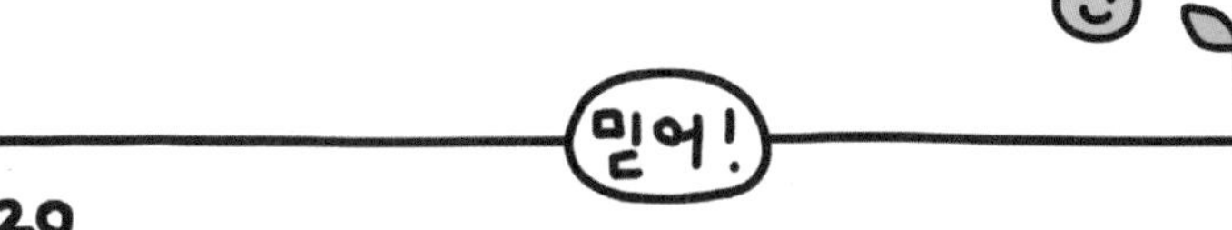
믿어!

20

30

20

20

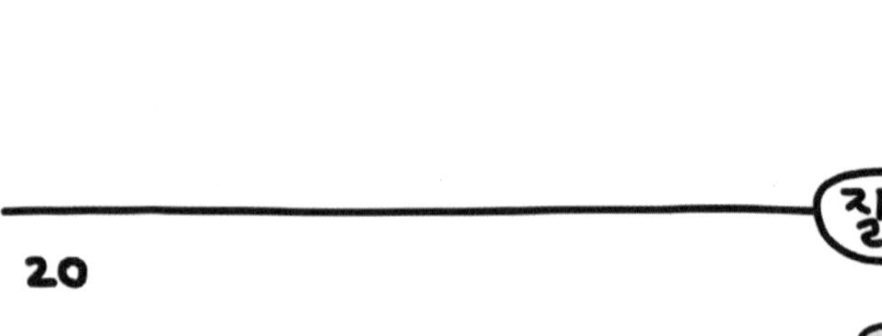

잘될거야.

20

그렇게 믿어.

7월

7월의 질문

요즘 당신의 가슴을 뛰게 하는 것은 무엇인가요?

20

20

20

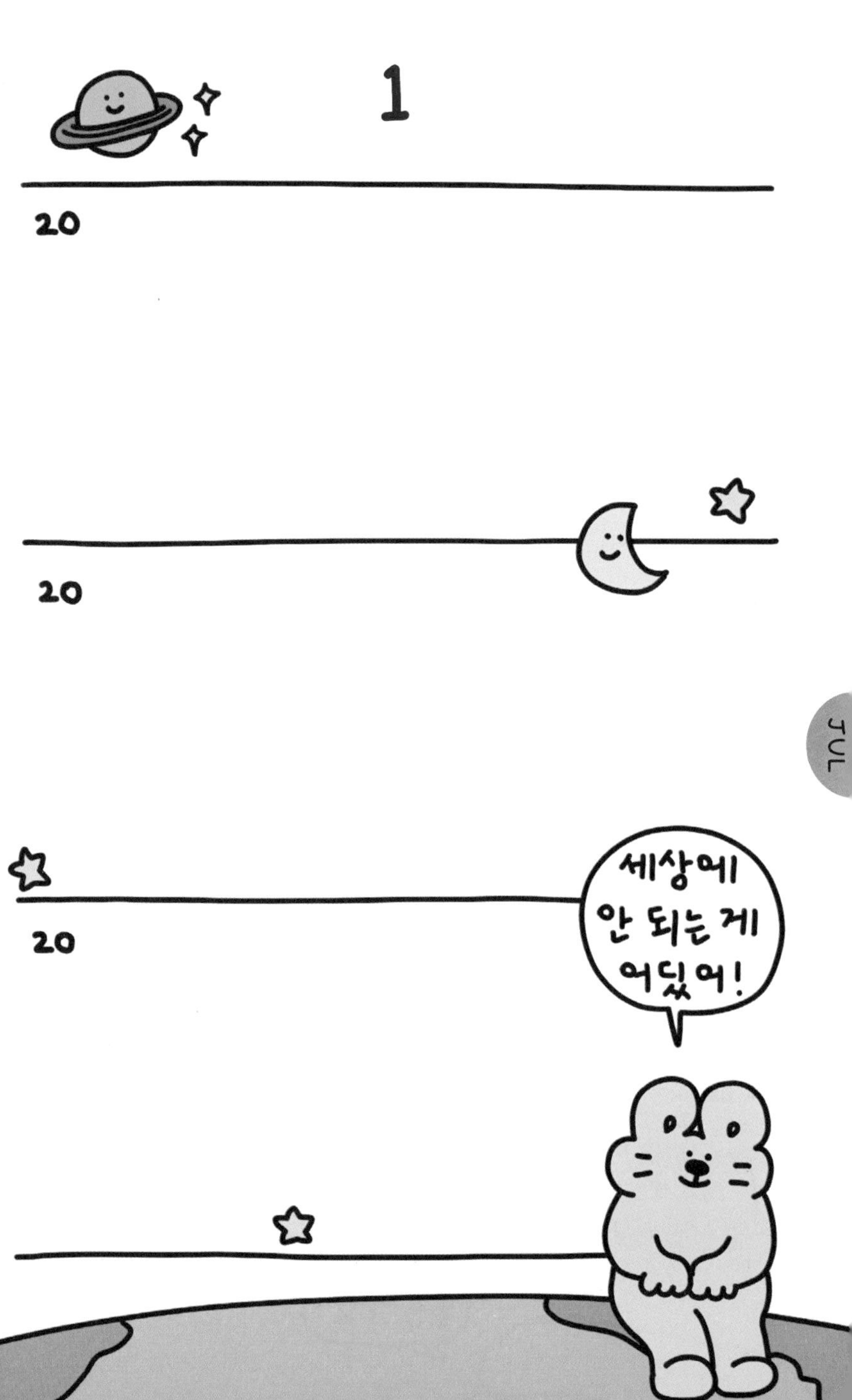
1
20
20
20
세상에 안 되는 게 어딨어!
JUL

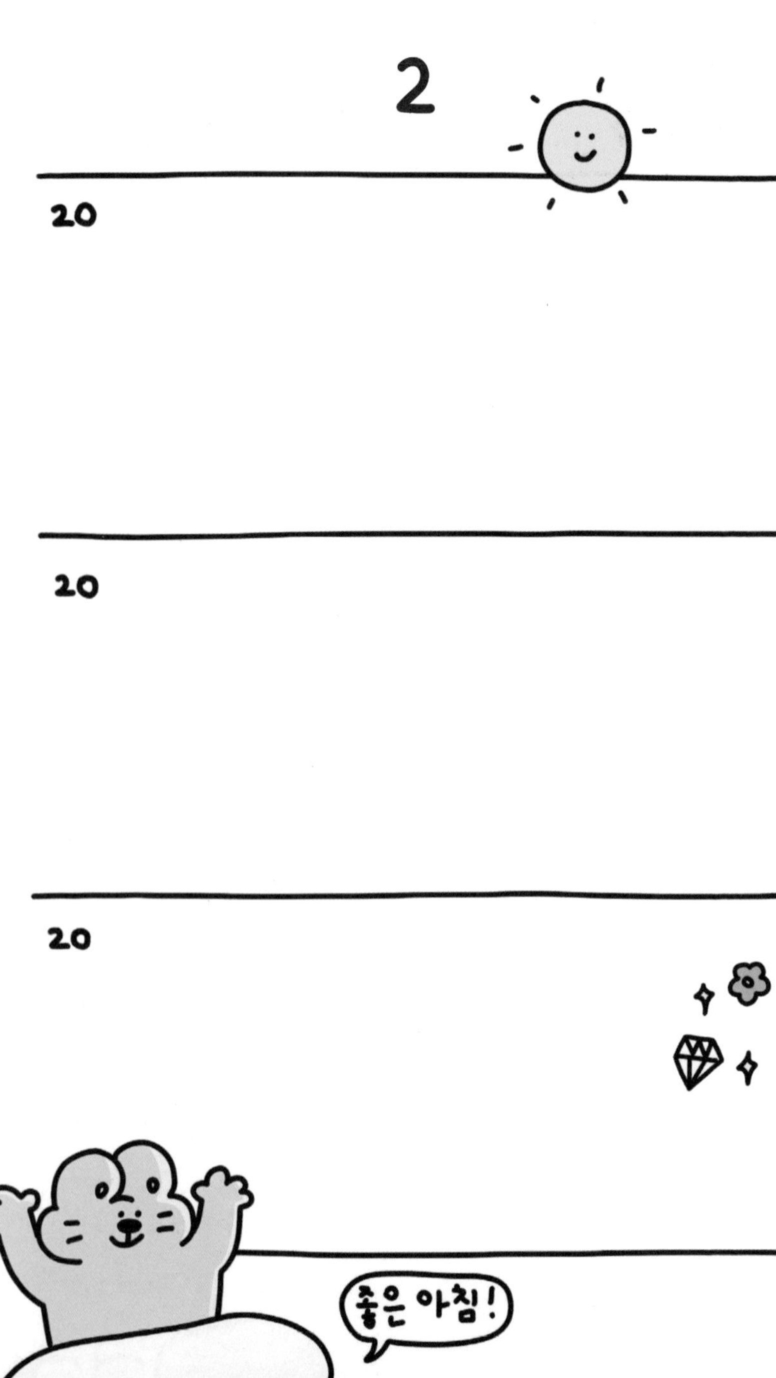
2
20
20
20
좋은 아침!

# 3

20

20

20

좋은 기운이
당신을 감쌉니다.

JUL

# 4

20

20

20

너는
나한테
정말
소중해.

# 5

20

20

20

JUL

너도

나도

화이팅!

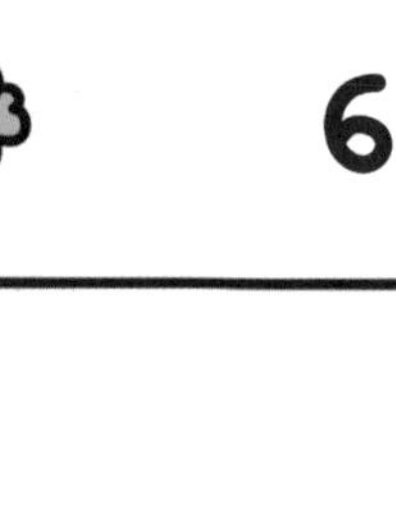

6

20

20

20

사방에 행운이 있어요!

7

20

생각은 힘이 세요!

20

20

좋은 생각만 하세요 :)

JUL

# 8

20

20

20

이보다 더 잘할 순 없어!

# 9

20

20



20

부담가질 것 없지!

# 10

20

20

20

먹고

힘내요!

# 11

20

20

20

힘... 내보자!


JUL

# 12

20

20

20

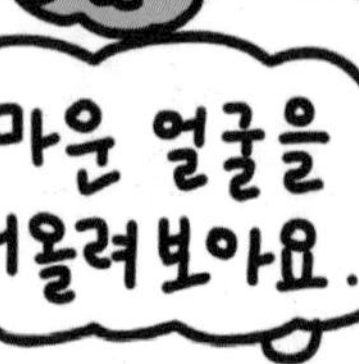
고마운 얼굴을
떠올려보아요.

# 13

20

20

20



오늘도, 내일도

감사한 하루!

# 14

20

20

20

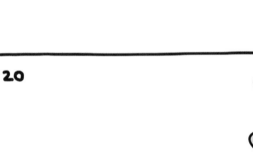

나에게 좀 더
확신을 가질래

# 15

20

20

20

걱정
없지!

# 16

20

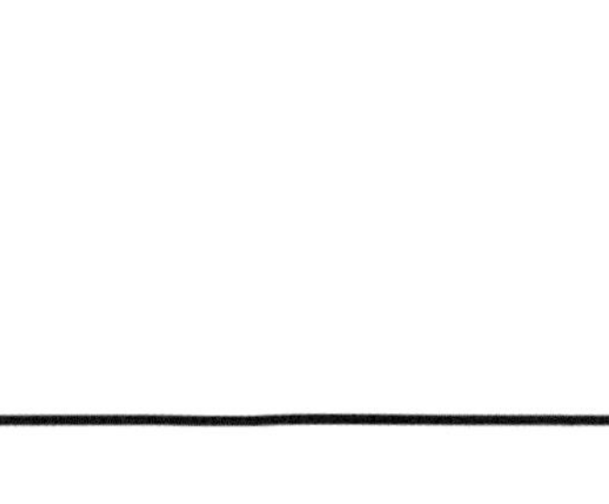

20

20

미래의 당신에게
바라는 게 있나요?

# 17

20

20

20

미래의 나에게
제발
무리하지 마

JUL

# 18

20

오늘 한 선택을

20

후회하지
않게 해주세요!

20

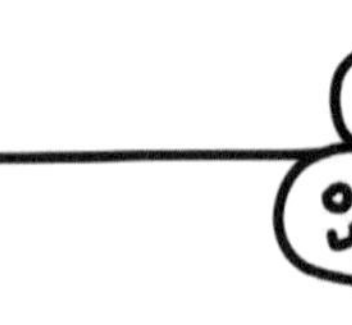
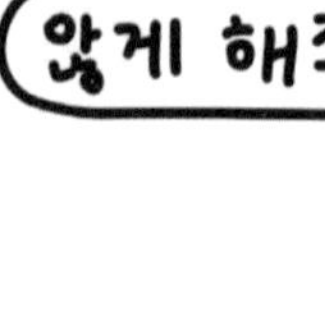

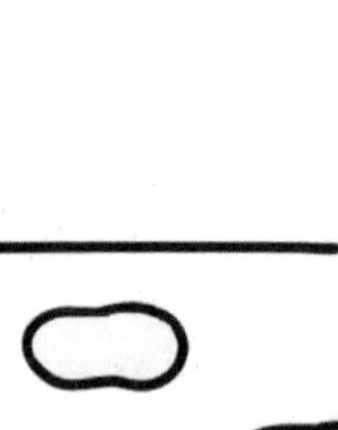

# 19

20

20

20

우리 함께
힘내보아요!

JUL

20

20

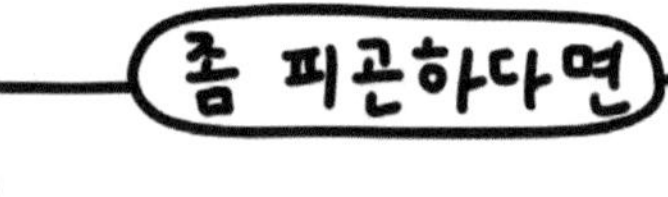
좀 피곤하다면

20

20

달콤한 휴식 어때요?

# 21

20

20

20

너무 힘든 건
참지 마세요.

JUL

# 22

20

20

20

나라고

왜 못해?

# 23

20

20

20

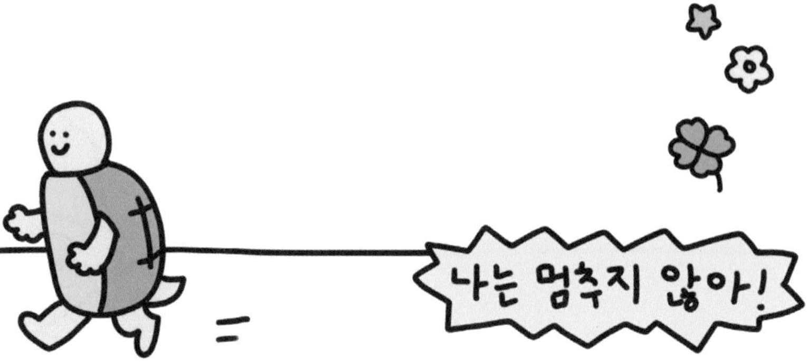

JUL

나는 멈추지 않아!

# 24

20

20

20

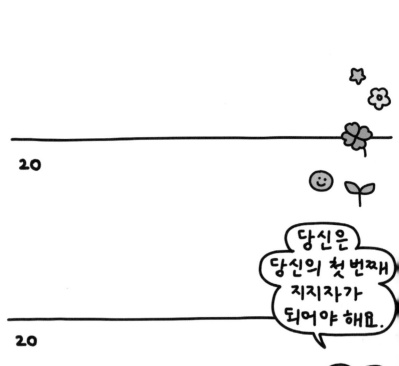

당신은
당신의 첫번째
지지자가
되어야 해요.

# 25

20

귀여운 내가

20

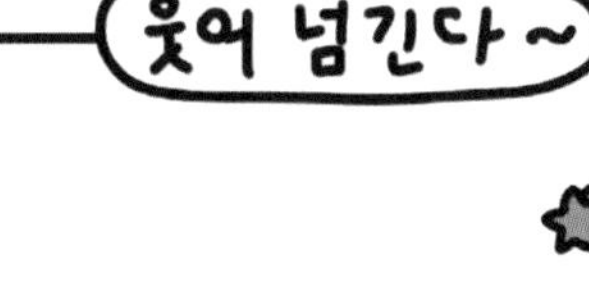
웃어 넘긴다~

20

ㅎ...

# 26

20

성공으로 가는 길은

20

이토록 행복해!

20

# 27

20

아무튼 결국엔

20

전부

20

괜찮아질 거야.

# 28

20

20

20

언제나
응원할게요!

# 29

20

20

저도 당신을

20

응원합니다!

30

20

20

각자의 속도로 걷는다!

20

# 31

20

나는 네가

20

가장 좋은 걸

20

누렸으면 좋겠어.

JUL

8월



요즘 당신의 가슴을 뛰게 하는 것은 무엇인가요?

20

20

20

# 1

20

이 기세로

20

20

다 해낸다!

AUG

# 2

20

행복

20

행운

20

응원

# 3

20

20

20

# 4

20

20

20

누가 뭐라든

나는 나야!

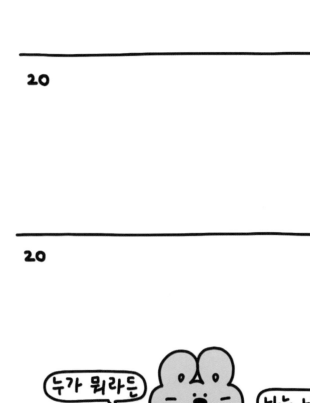

# 5

20

20

기회를 놓치지 마세요!

20

기회

AUG

# 6

20

오늘도 무척 수고했다...

20

20

내가

내가

내가!

# 7

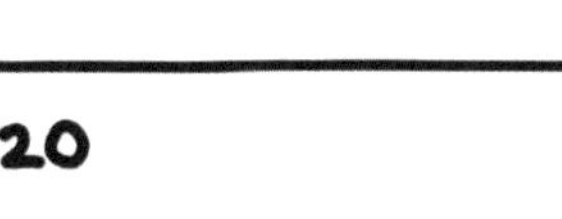

20

가끔은

20



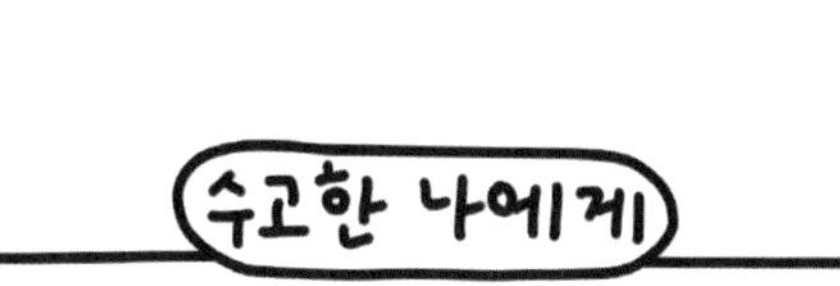
수고한 나에게

20

선물을 해줘요.

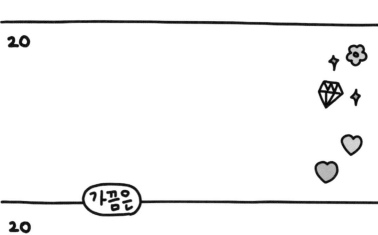

# 8

20

힘든 건 언제든

20

20

우리에게 털어놔.

# 9

20

20

네가 모르는 순간에도

20

나는 네 행복을 바라고 있어.

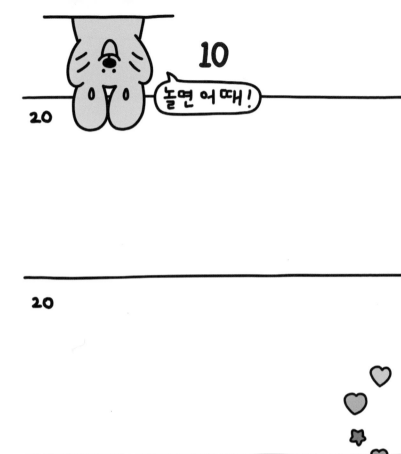

10

놀면 어때!

20

20

20

쉬면 어때!

# 11

20

바빠도 잊지 마.

20

20

다 좋으려고 하는 거야.

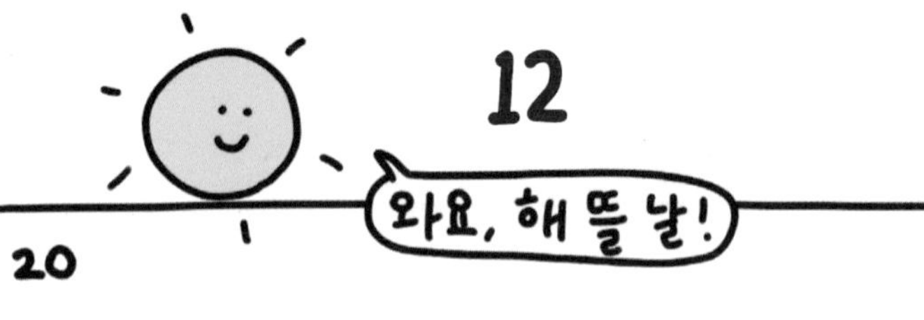
12
와요, 해뜰날!

20

20

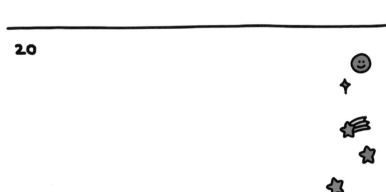

# 13

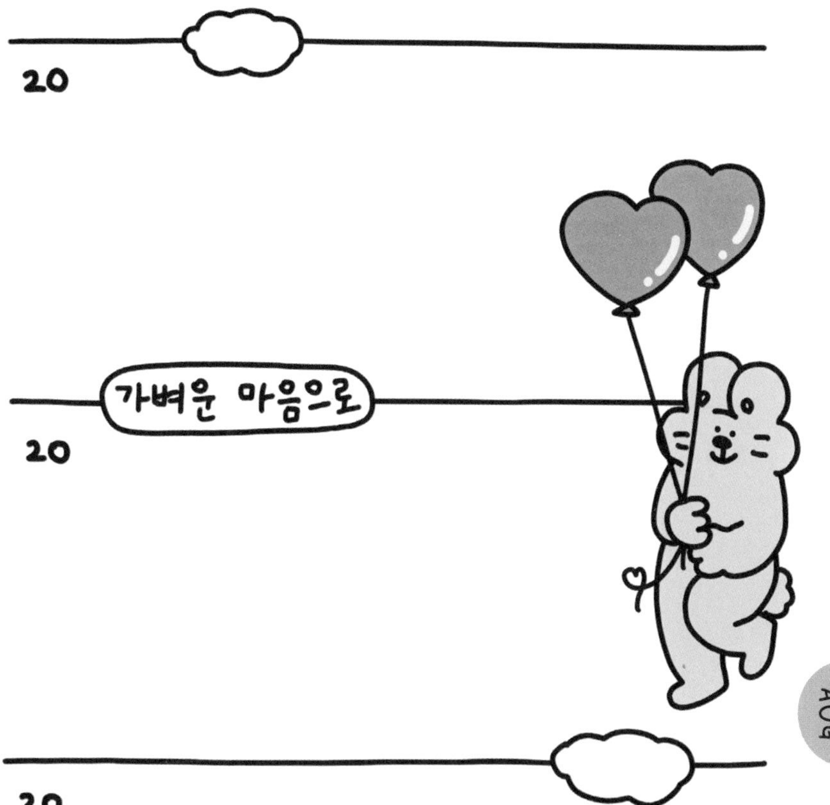
20
가벼운 마음으로
20
20

훨훨 날자!

AUG

# 14

20

20

뜻밖의 행운이

20

찾아올 거예요!

행운

15

20

20

20

# 16

20

20

20

걱정 대신 확신!

# 17

20

불안이 당신을
집어 삼키게
놔두지 마세요.

20

20

# 18

20

당신은 그때도

20

지금도

20

앞으로도 멋져요!

# 19

20

20

20

AUG

아무튼
건강하세요

# 20

20

뿌린 것보다

20

더 많이
거두시길

20

# 21

20

20

20

나는

된다!

22

20

20

20

힘들 땐
내게 기대!

# 23

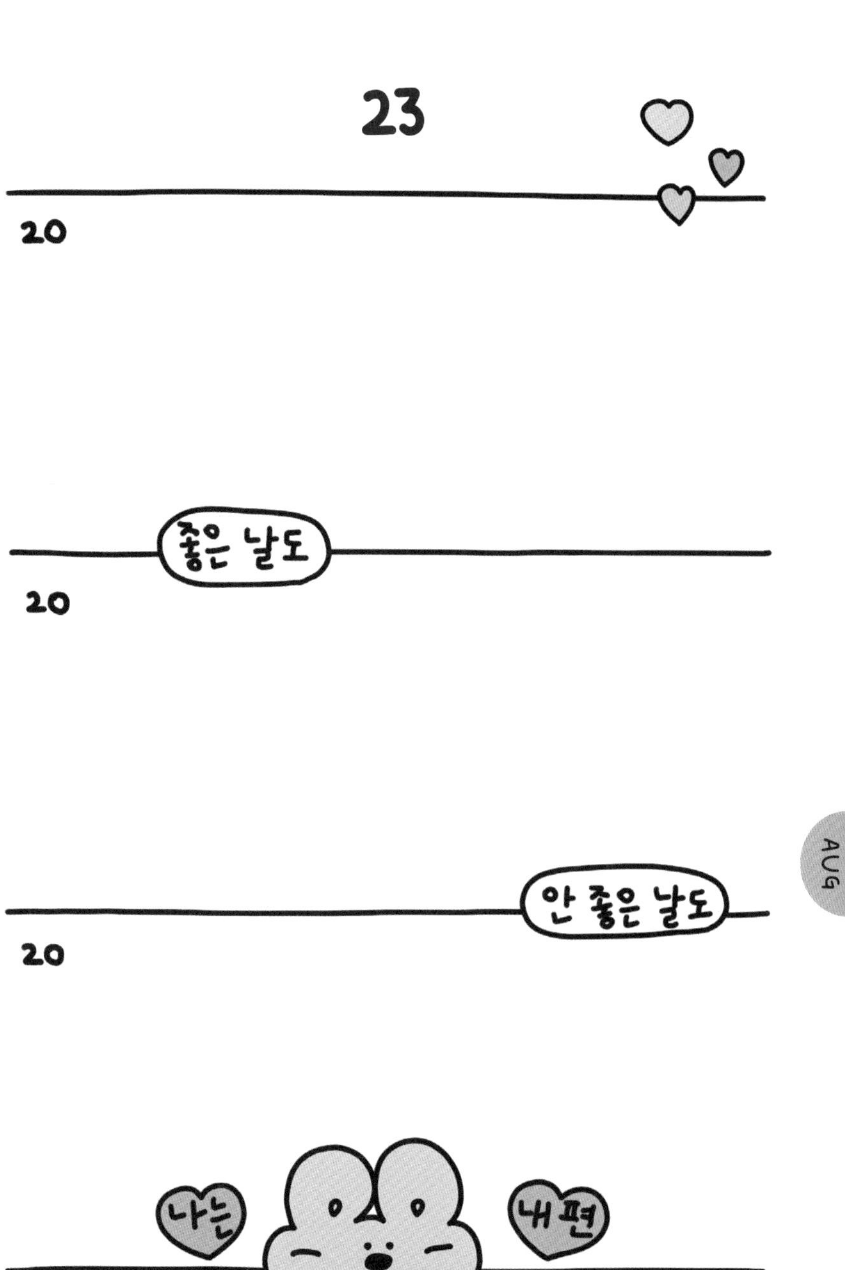
좋은 날도
안 좋은 날도
나는
내 편
AUG

20

20

20

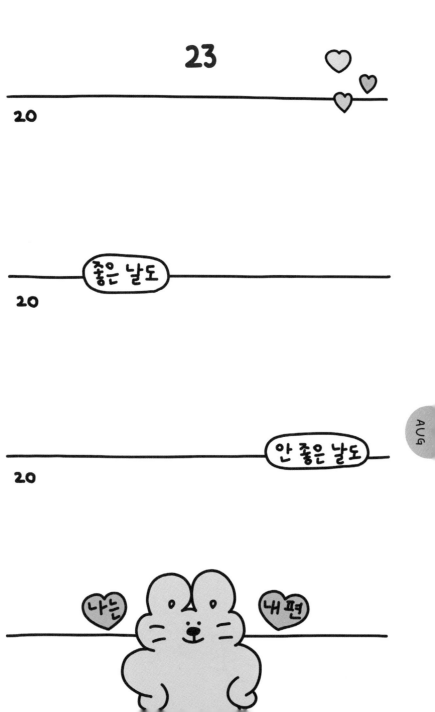

24

20

20

오늘도 잘했으니

20

뭐든 할 수 있어!

# 25

20

요즘 당신을

20

행복하게 하는

20

사람은 누구인가요?

# 26

20

20

20

너 수고한 거
내가 알아!

# 27

20

20

20

잘 될거야!

# 28

20

20

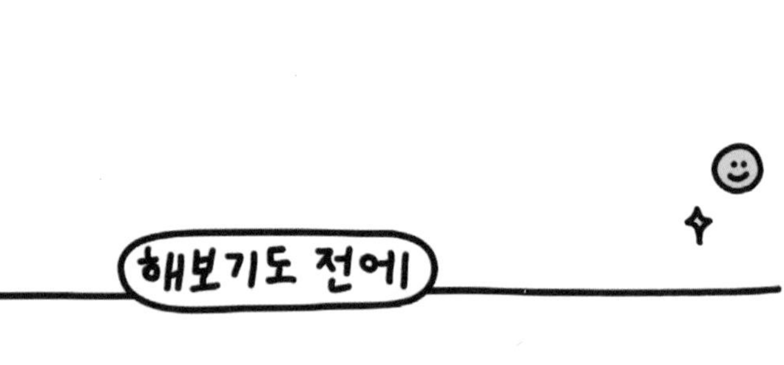
해보기도 전에

20

겁먹지 마!

# 29

20

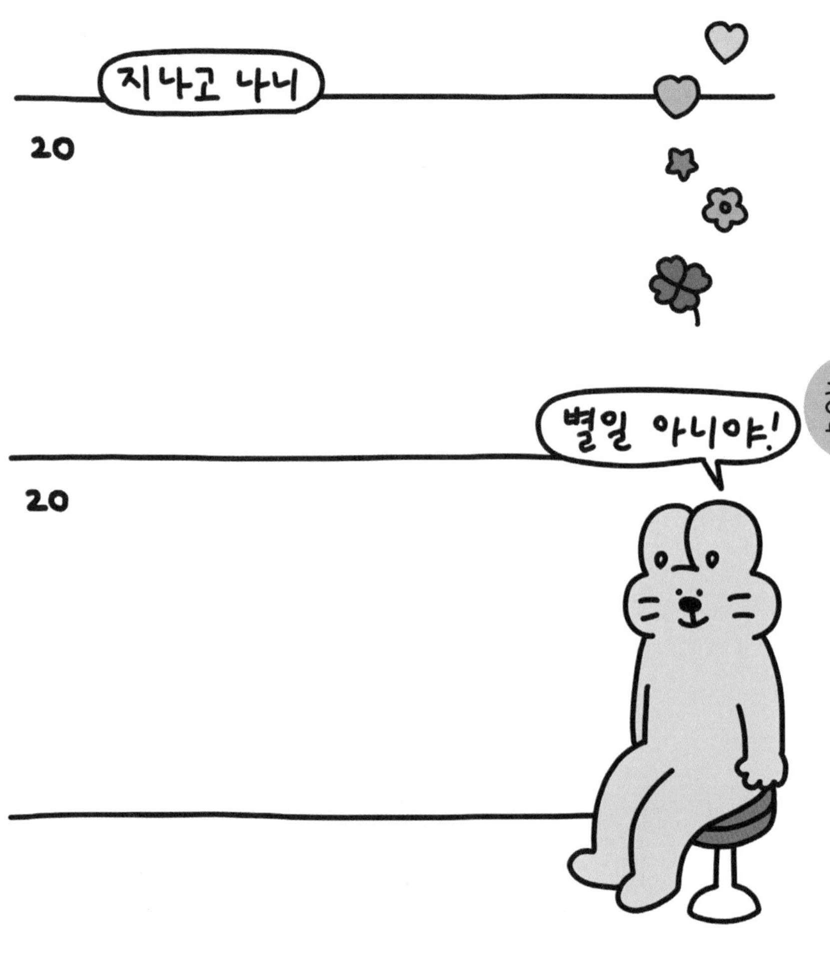
지나고 나니
별일 아니야!

20

20

# 30

20

20

20

할 수 있을까?
당연하지!

# 31

20

20

20

나는 매일 나아간다.

AUG

9월



요즘 당신의 가슴을 뛰게 하는 것은 무엇인가요?

20

20

20

1

내가 내리는

20

크고 작은 선택에

20

좀더 확신을 가질래.

20

SEP

# 2

20

20

20

용감하고
무던하게!

# 3

20

걱정마!

20

20

내가 여기 있어~

SEP

4

20

20

20

감정에 매몰되기

멈춰!

# 5

20

소음에 흔들리지 마.

20

20

SEP

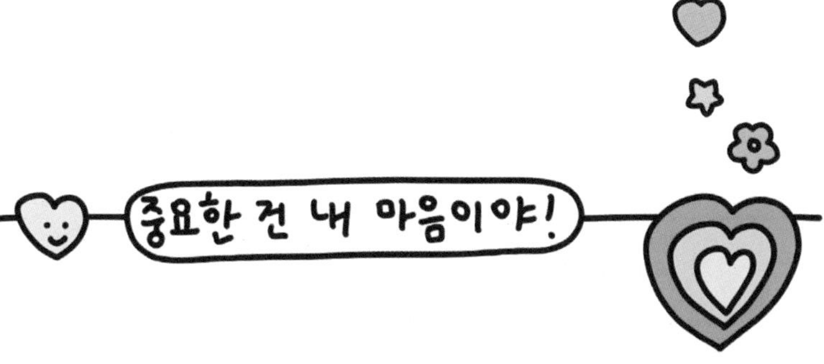

중요한 건 내 마음이야!

# 6

20

20

20

좋은 생각!

# 7

20

20

20

좋은 마음!

# 8

20

기죽지 마!

20

완벽한 사람은 없고

20

넌 충분히 잘하고 있어.

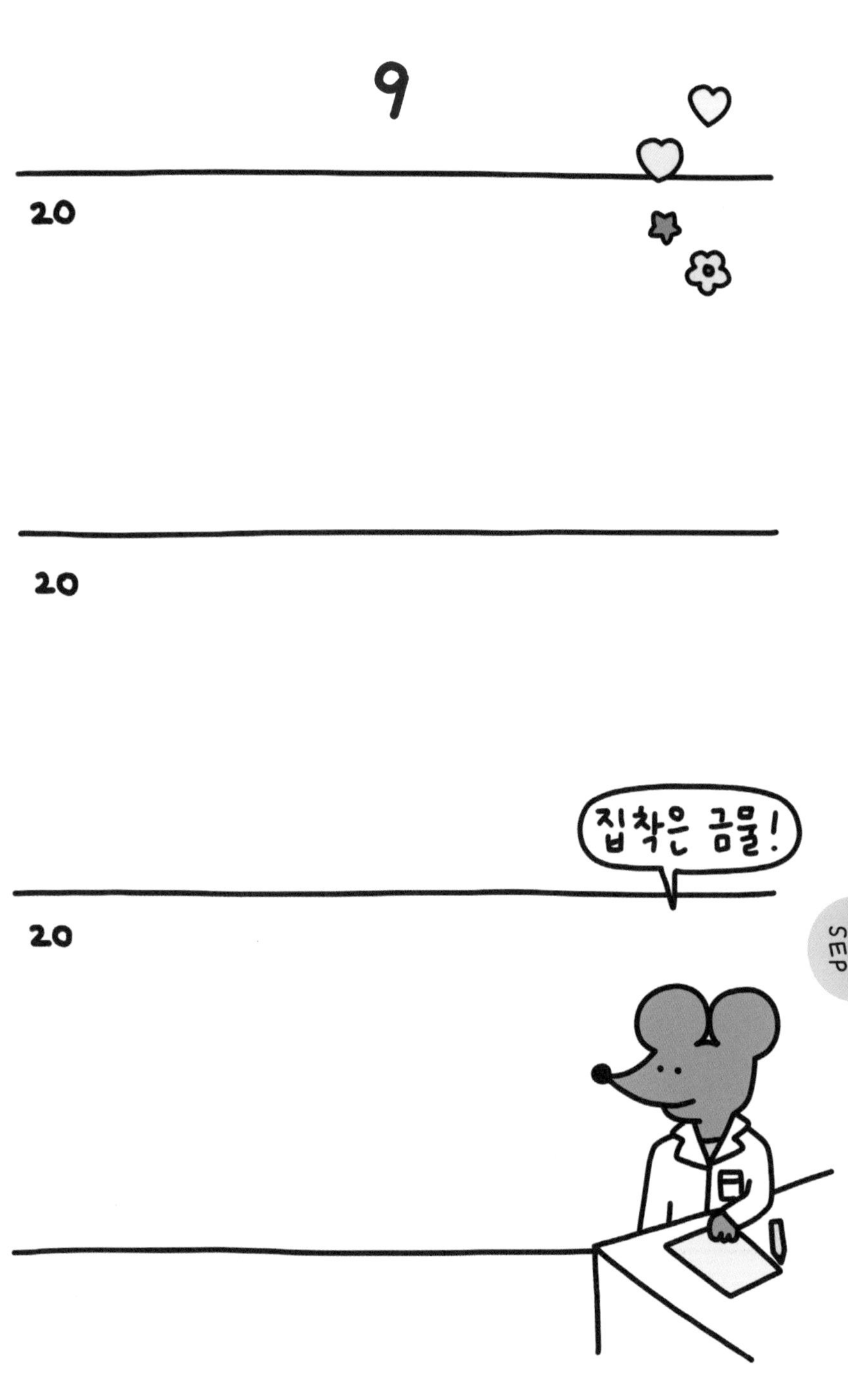
9
20
20
집착은 금물!
20
SEP

# 10

20

'못한다'는 의심을 버리면

20

못할 게 없어요!

20

# 11

20

20

막연한 불안감이
지금 너의 발목을
잡게 놔두지 마!

# 12

20

좀 쉬어도

20

20

아무 일 안 나네?

# 13

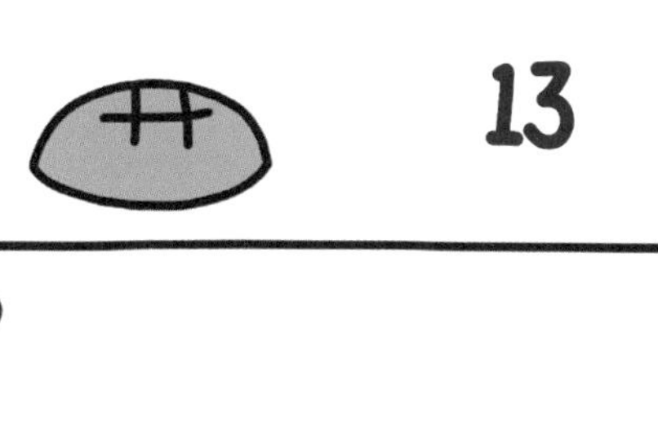

20

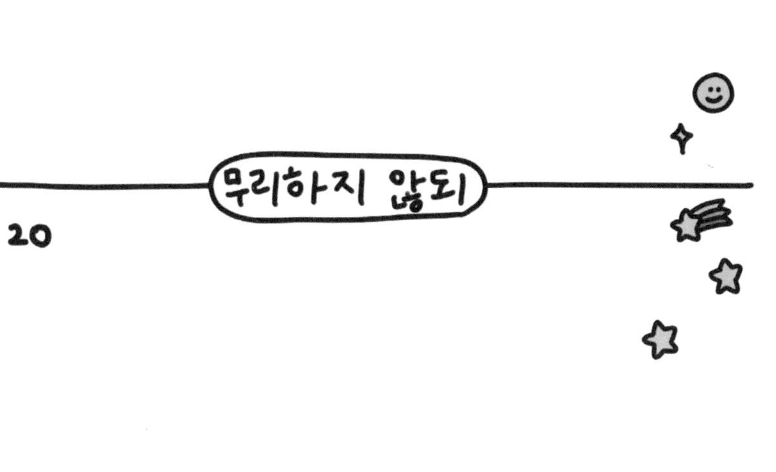
무리하지 않되

20

꾸준히 하자.

20

SEP

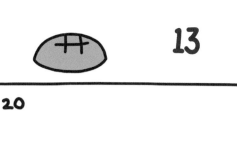

14

20

지난 일에 미련 갖지 말고

20

오늘은

20

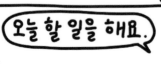

펄

오늘 할 일을 해요.

# 15

20

중요한 건 기세야.

20

20

힘!

쫄지 마!

# 16

20

20

20

LUCKY
GOOD LUCK

# 17

20

20

20

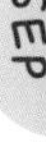
SEP

그래 나는 할수 있어

18

20

조금씩 매일

20

꿈을

20

닮아갈 거예요.

20

20

20



확신

믿음

설렘

용기

감사

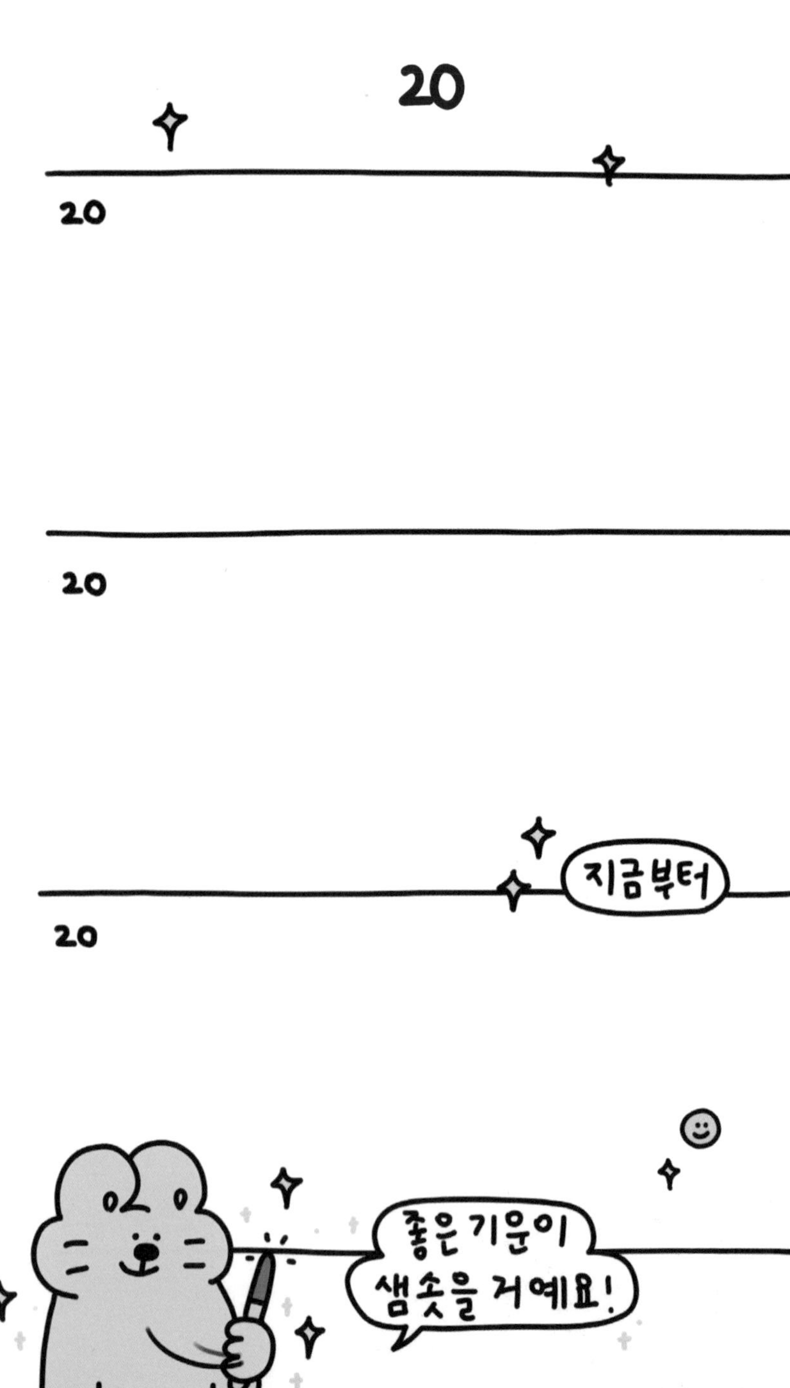
20
20
20
지금부터
20
좋은 기운이
샘솟을 거예요!

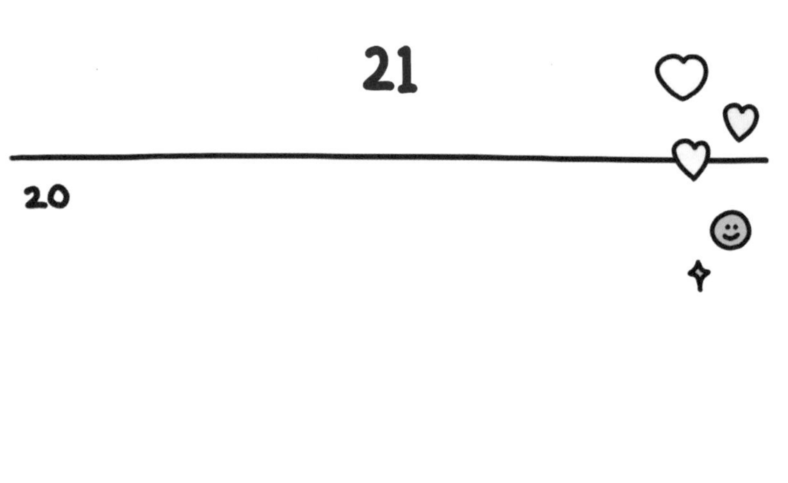

# 21

20

20

20

SEP

오늘을 누려요.

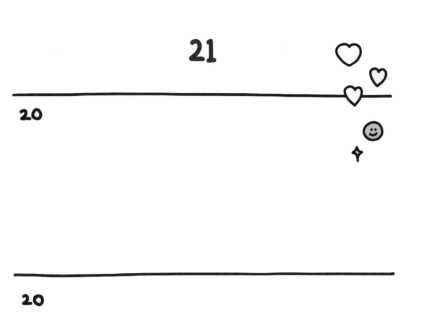

22

20

20

20

단순하게
생각해!

# 23

20

20

20

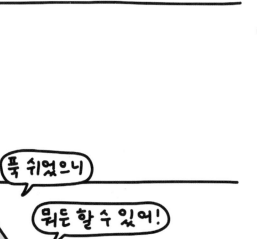

푹 쉬었으니

뭐든 할 수 있어!

# 24

---

20

---

20

---

20

있는 그대로
소중해.

# 25

20

20

20

SEP

당신의 행복을 바라요

26

20

20

20

스스로를 돌봐요.

# 27

20

20

20

최고

# 28

20

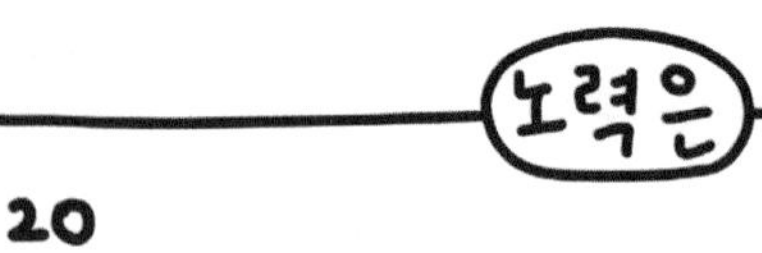
노력은

20

20

결실이 될 거예요!

29

20

20

20

SEP

냠

30

20

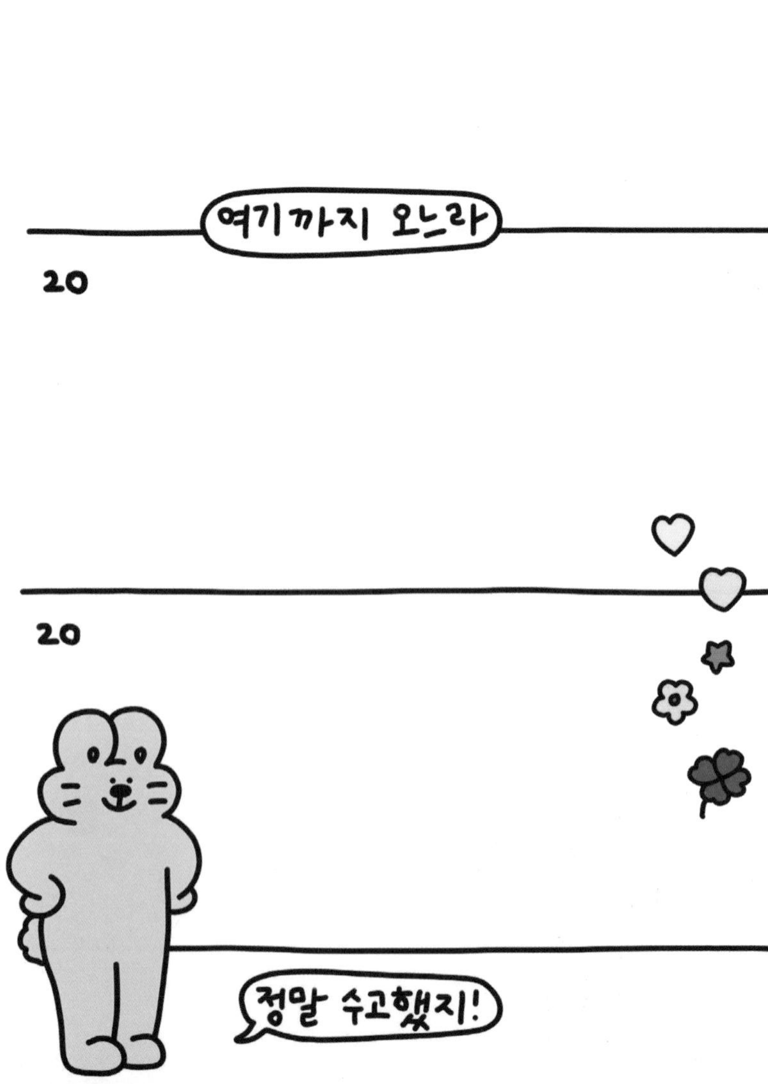

여기까지 오느라
20
20
정말 수고했지!

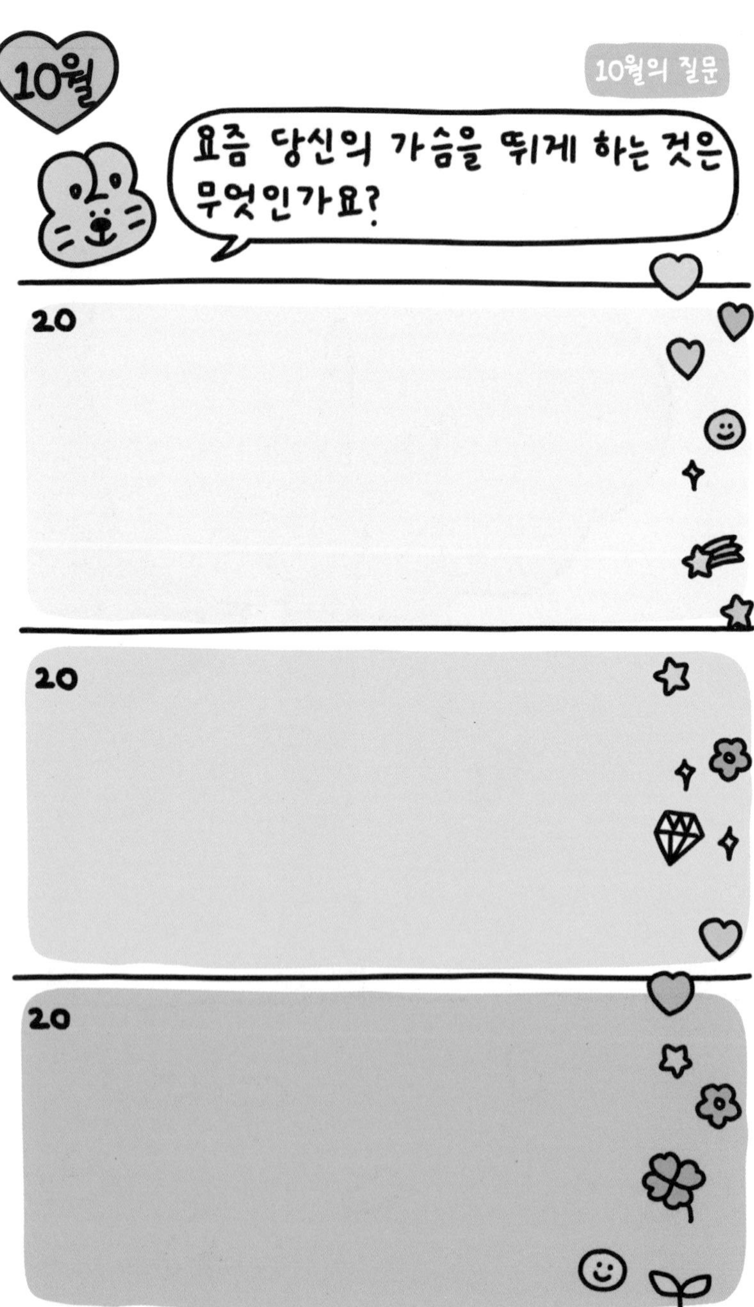
10월
10월의 질문
요즘 당신의 가슴을 뛰게 하는 것은 무엇인가요?
20
20
20

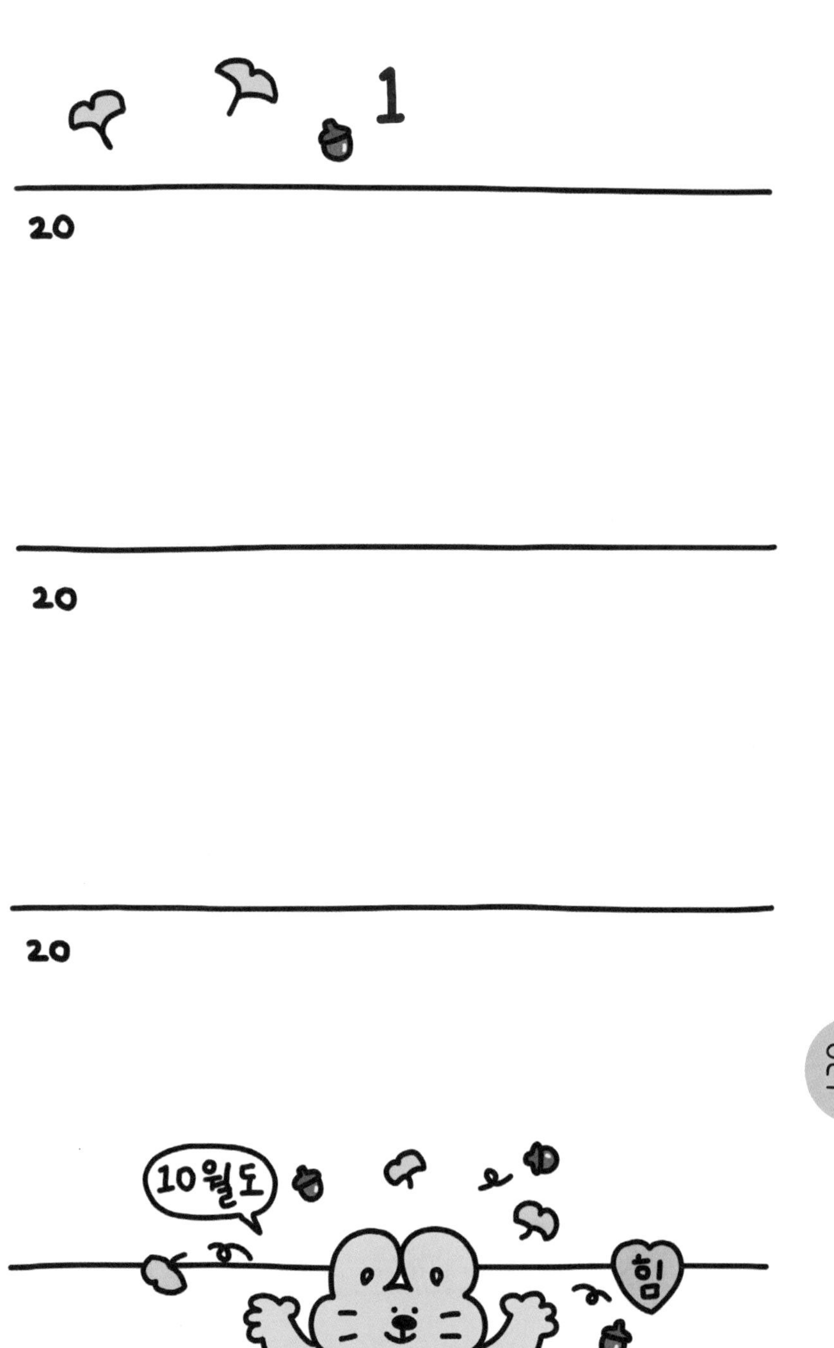
1
20
20
20
OCT
10월도
힘

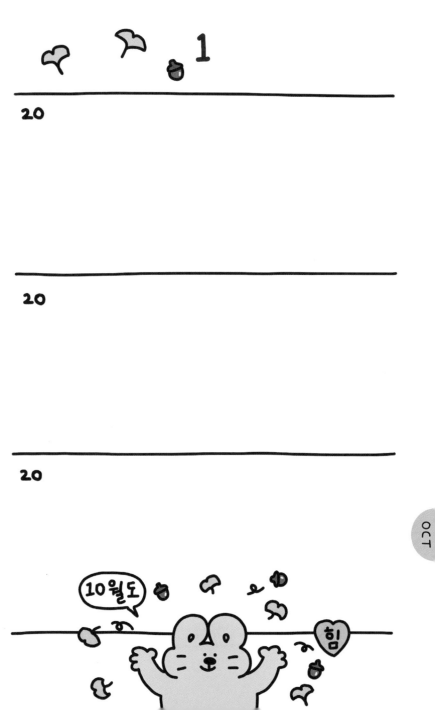

2

20

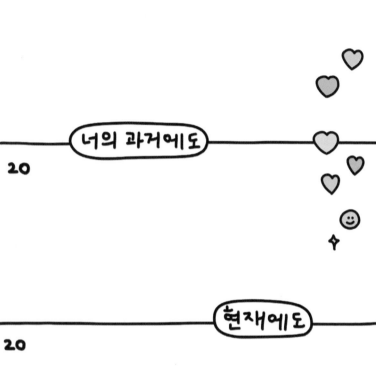

너의 과거에도

20

현재에도

20

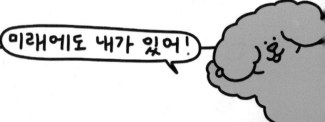

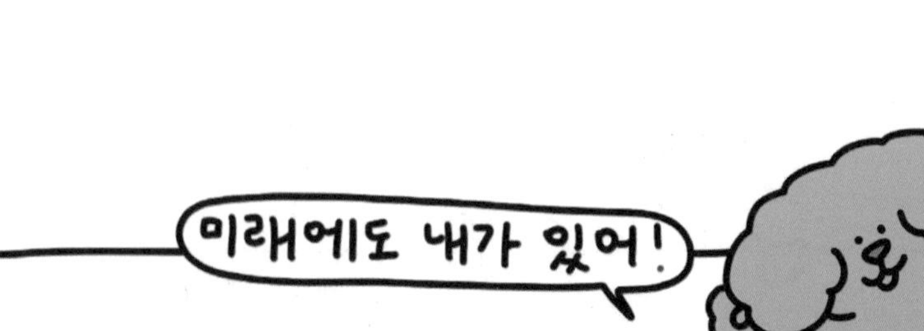
미래에도 내가 있어!

# 3

20

20

스스로를
몰아세우지
마세요.

20

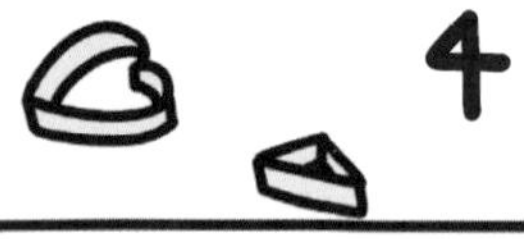

4

20

가끔은

20

20

새로운 것에 도전해요!

# 5

20

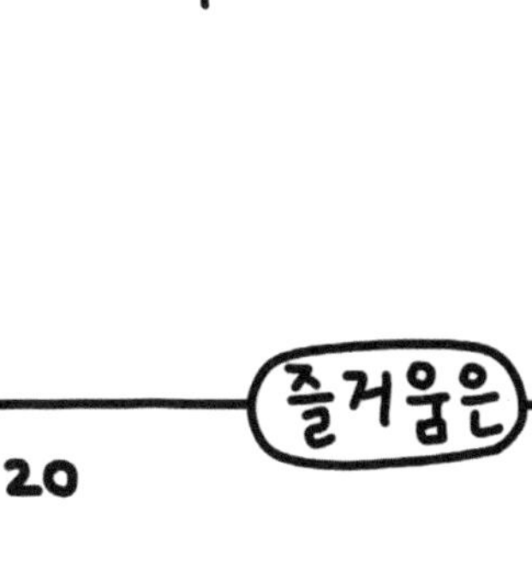

20

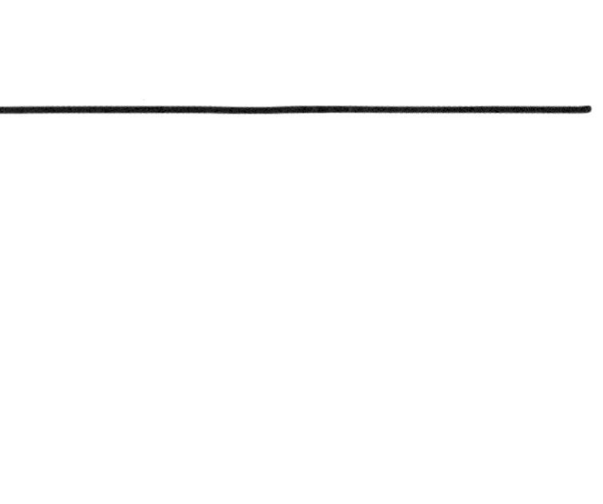
즐거움은

20

찾는 사람의 몫이에요!

OCT

6

20

좋아하는 일만 할 순 없어도

20

매일

20

좋아하는 걸
할 순 있어요!

# 7

20

20

20

우리가

잘했다!

OCT

# 8

20

20

20

행운이 함께 합니다~

9

20

20

20

OCT

사는 동안
많이 벌으시오!
10000
10000
100
100
1000
50000
50000
500

# 10

20

20

20

걱정 없이
사는 법

# 11

20

20

20

난 힘들 때
노래를 들어!

# 12

20

20

20

나는
강해!

# 13

20

네가 매일

20

행복하길 바라!

20

OCT

14

20

20

20

힘 빼고
차근차근 하자!

# 15

20

자고 일어나면

20

괜찮아질 거야.

20

OCT

# 16

20

20

20

즐겁게
살자

# 17

20

20

20

치얼스

OCT

# 18

20

행복은 생각보다

20

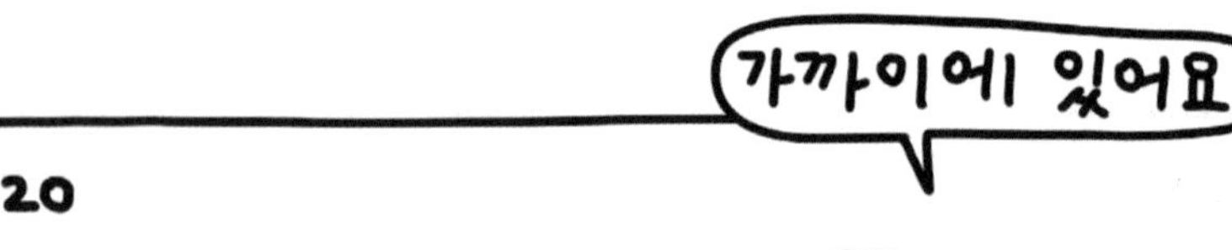
가까이에 있어요.

20

19

20

20

20

OCT

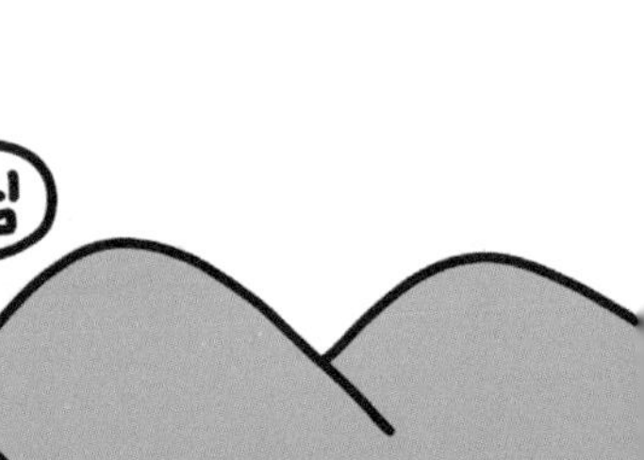
가을 아침

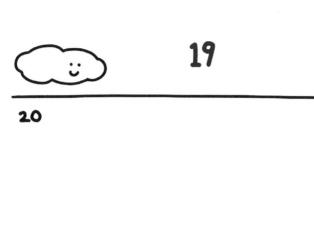

# 20

20

혼자라고 느껴질 땐

20

언제든

20

나를 찾아줘!

# 21

20

20

20

# 22

20

20

20

이게 바로 힐링...♡

# 23

20

20

20

즐거워~

OCT

# 24

20

수고한 만큼

20

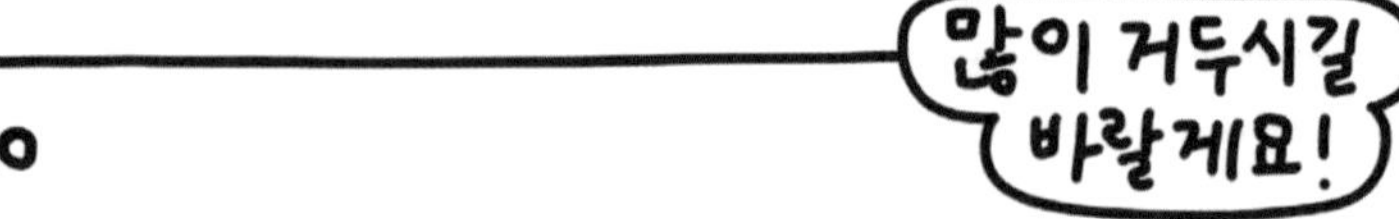
많이 거두시길
바랄게요!

20

25

20

20

20

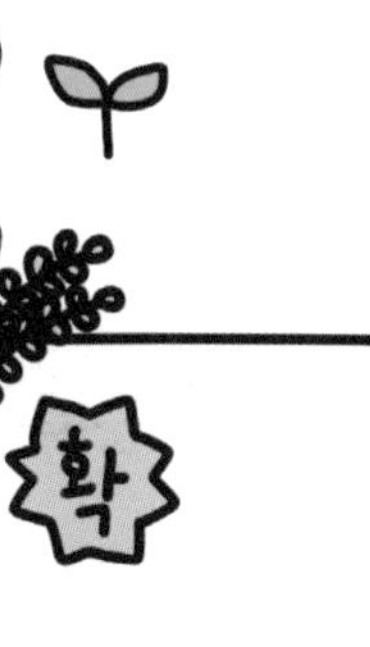
수
확

# 26

20

20

20

해보자!

해보자!

27

20

20

20



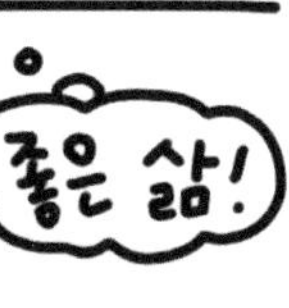
웃는 삶
좋은 삶!

28

---

20

---

20

---

20

발 맞추어 가자~!

29

20

20

20

지나고 나면
별일 아닐거야.

OCT

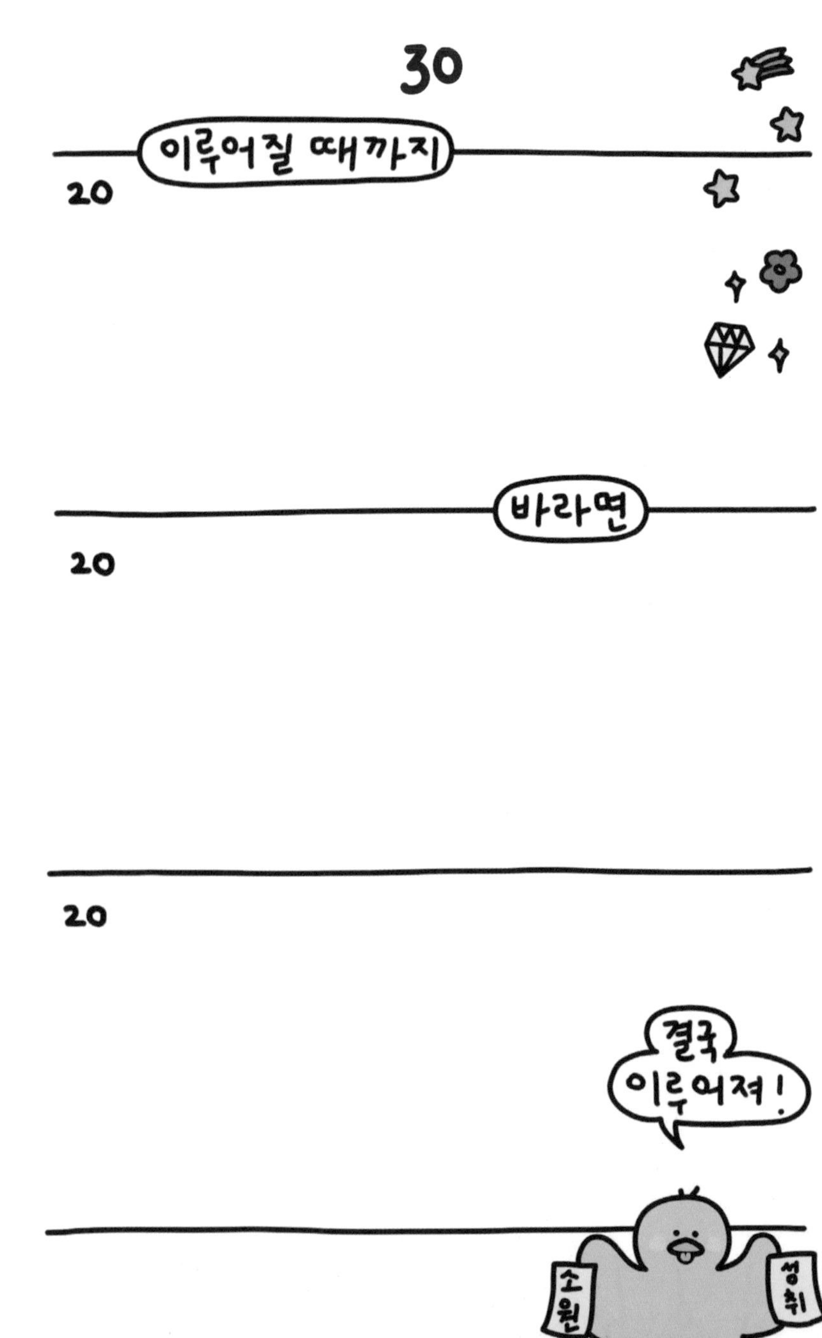
30
이루어질 때까지
20
바라면
20
20
결국 이루어져!
소원
성취

# 31

20

이 시간 이곳에서

20

숨쉬는 것에

20

감사해.

OCT

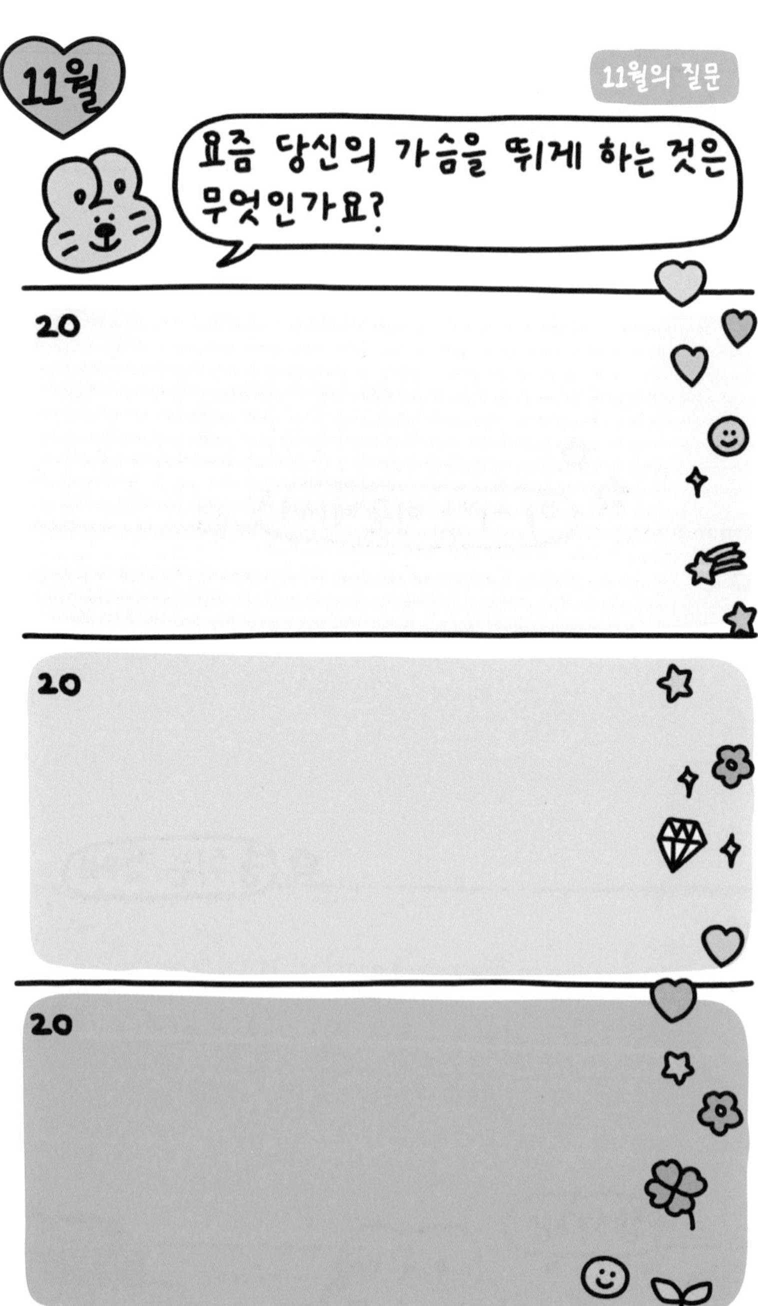
11월
요즘 당신의 가슴을 뛰게 하는 것은 무엇인가요?
20
20
20

# 1

20

20

20

못할 게

어딨어!

NOV

# 2

20

20

행복을 차곡차곡 모아요.

20

# 3

20

행복은

20

손 닿는 곳에

20

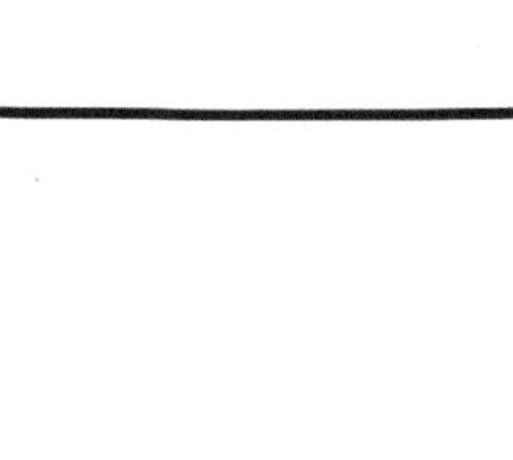

있어요!

4

20

네 노력은 고스란히 쌓여

20

어느 날 반짝일 거야.

20

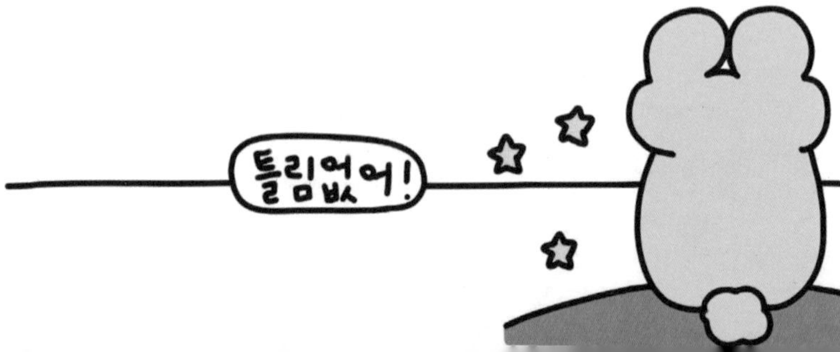
틀림없어!

# 5

20

그때도

20

지금도

20

네 편이야.

NOV

# 6

20

내일은 오늘보다

20

더 잘할 수 있을 거예요.

20

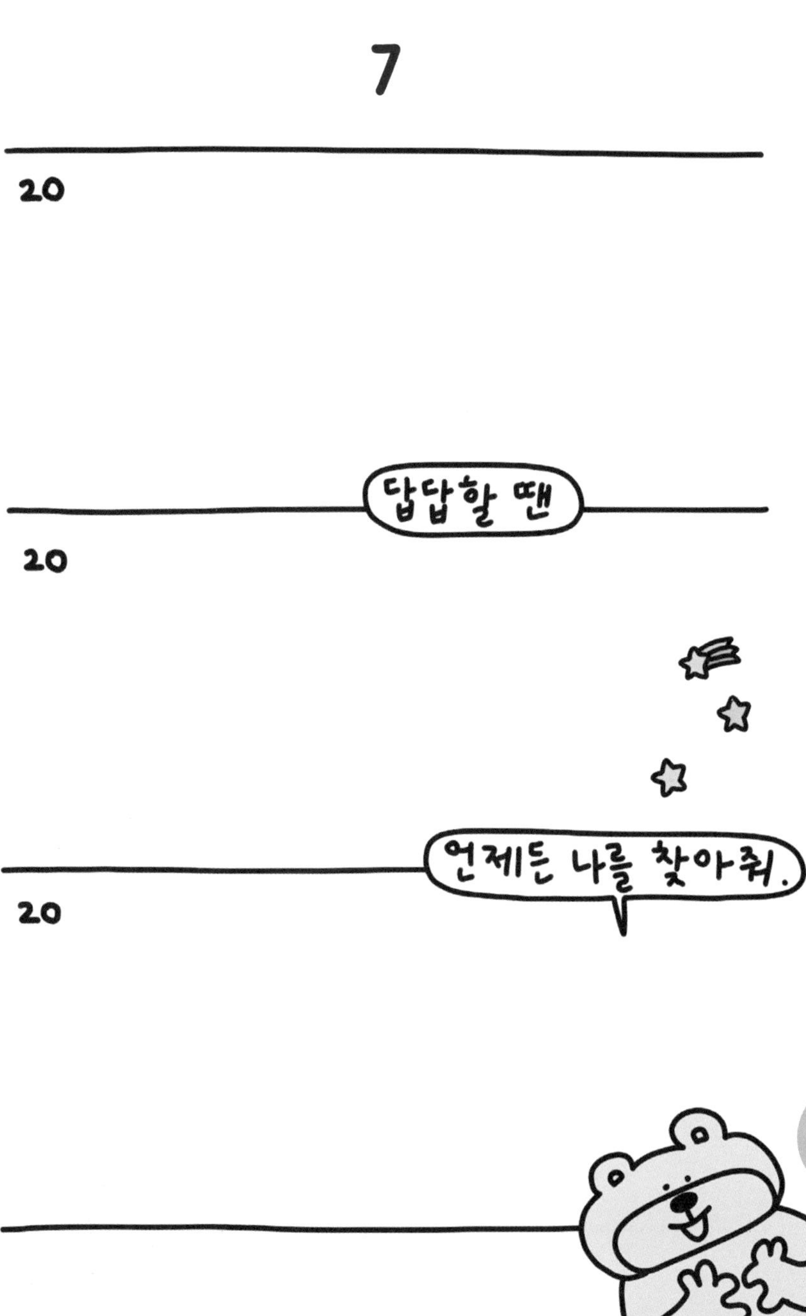
7
20
답답할 땐
20
언제든 나를 찾아줘.
20
NOV

# 8

20

20

20

# 9

20

20

20

됩니다!

# 10

20

20

20

미리

걱정

안 해!

# 11

20

좋은 하루가

20

기다리고 있어요.

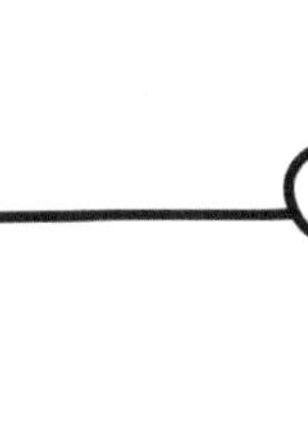

20

# 12

20

20

해낼 때까지

20

I CAN DO IT!
해낸다!

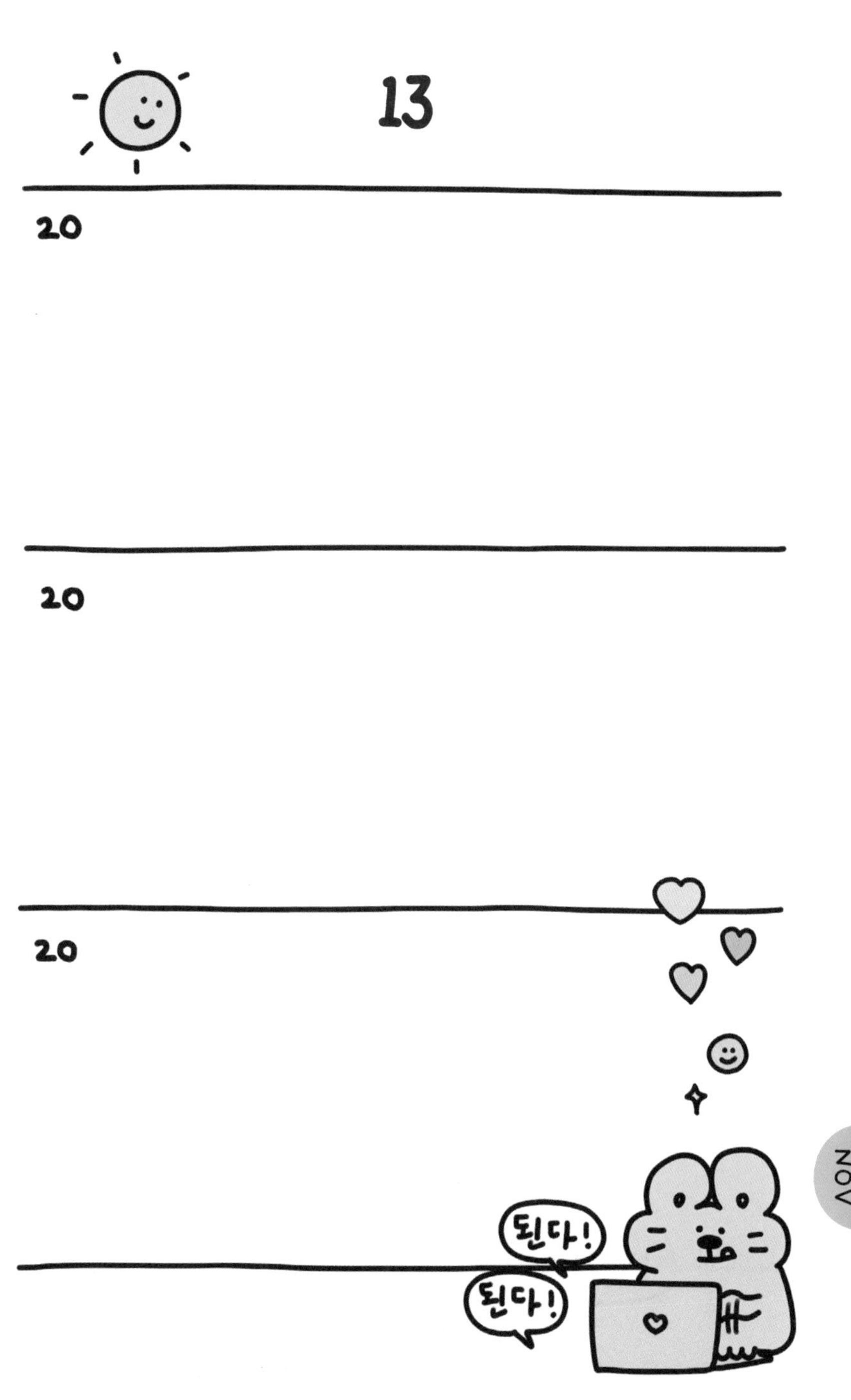

13
20
20
20
된다!
된다!
NOV

# 14

20

커다란 성취도

20

작은 노력에서

20

시작될 테니까.

# 15

20

20

20

용기를 내세요.

용

기

# 16

20

함께해줘서

20

고마워.

20

# 17

20

20

20

나는
나의 길을 갈 거야!

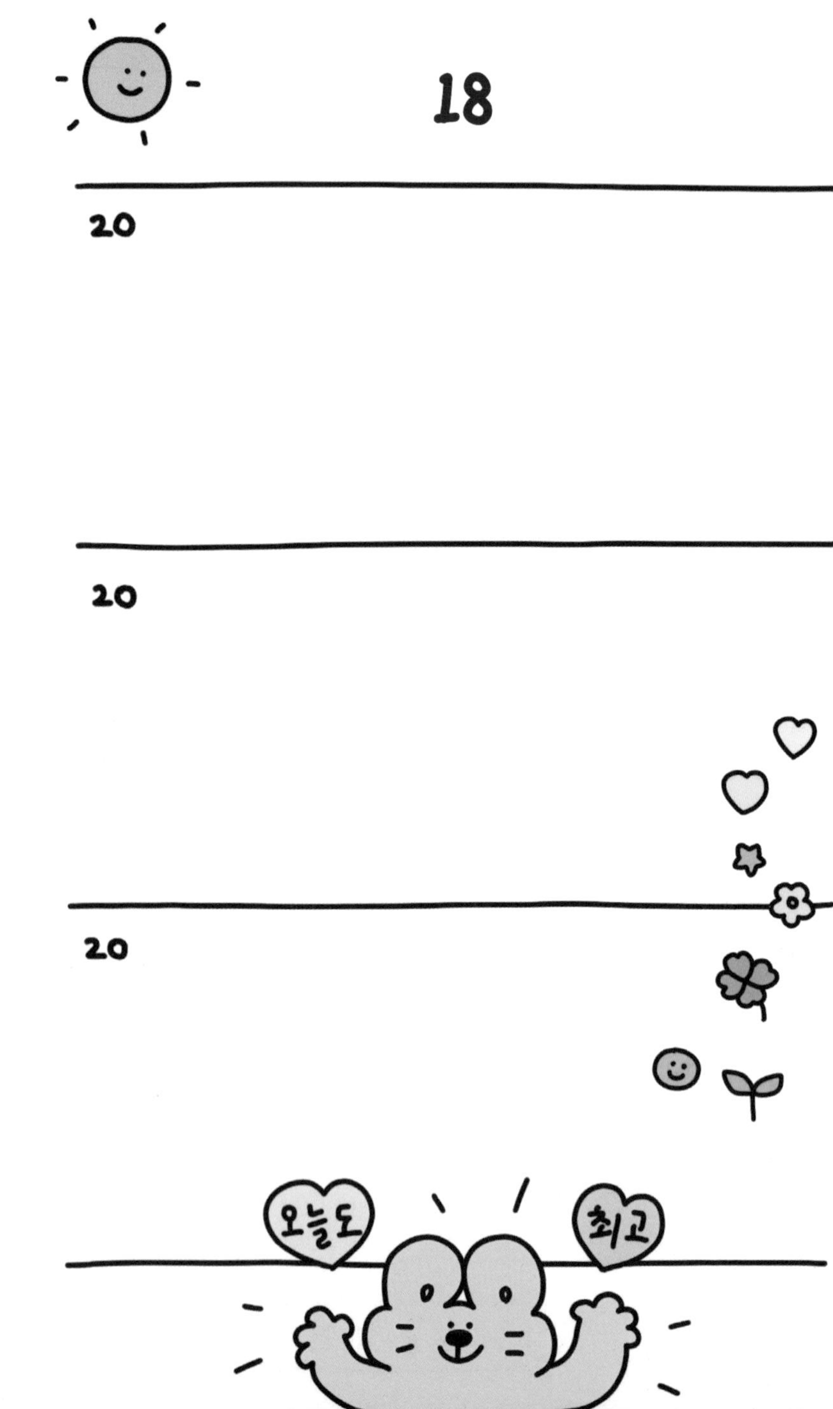
18
20
20
20
오늘도
최고

# 19

20

20

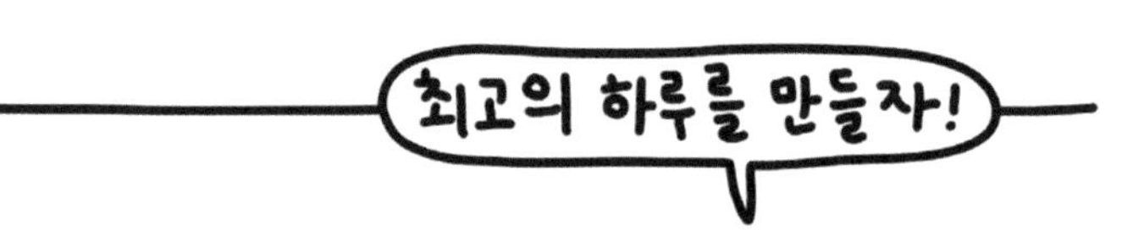
최고의 하루를 만들자!

20

NOV

20

20

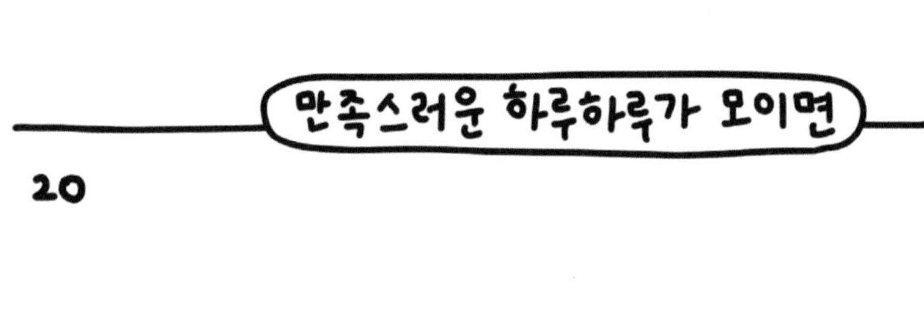
만족스러운 하루하루가 모이면

20

행복한 일상이 됩니다!

20

# 21

20

20

오늘

20

행복하세요!

NOV

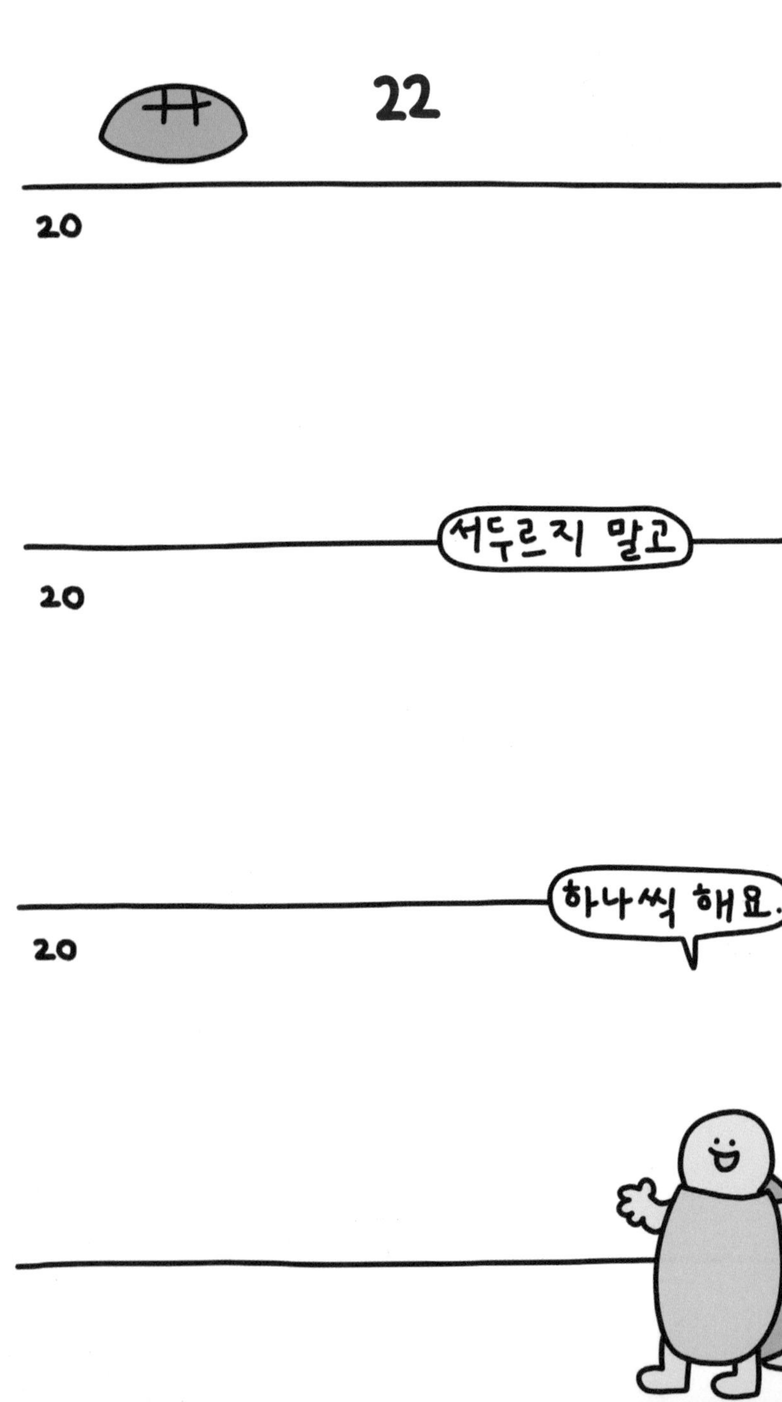
22
20
서두르지 말고
20
하나씩 해요.
20

# 23

20

20

20

한계란
없어!

NOV

24

20

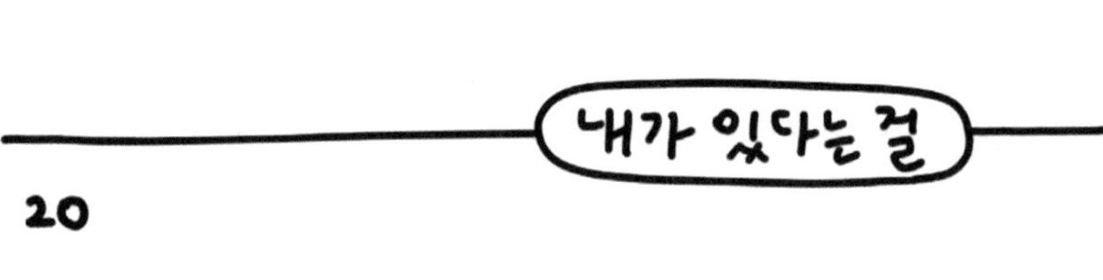
내가 있다는 걸

20

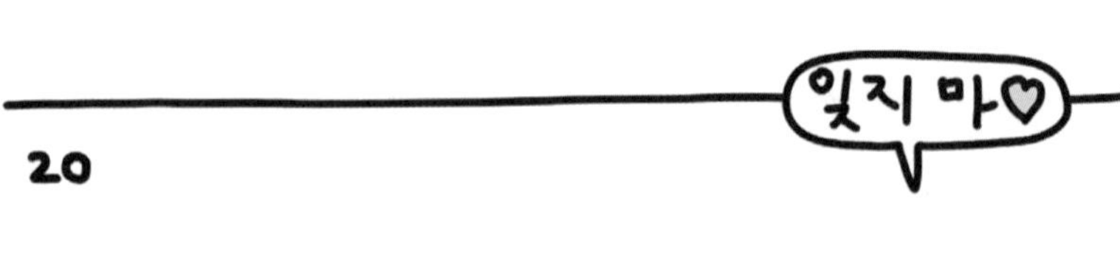
잊지 마♡

20

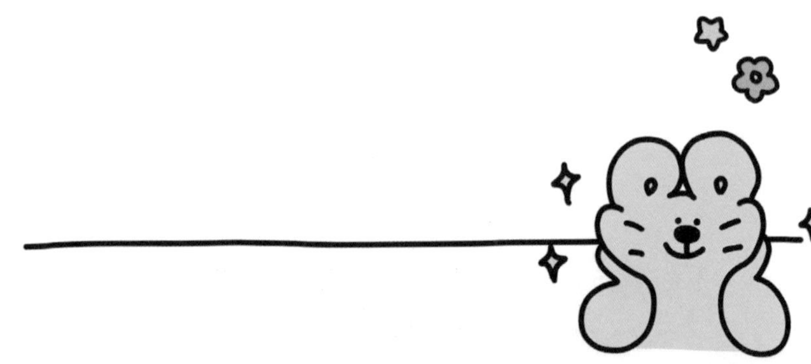

# 25

20

20

20

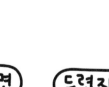

함께라면

두렵지 않아!

# 26

20

20

스스로를 힘들게
하지 말아요.

20

# 27

20

20

마음껏 꿈꿔.

20

다 이루어질 테니까.

NOV

# 28

20

20

씨앗을 많이 심어둘 거야!

20

# 29

20

생각지도 않은 어느 날

20

선물처럼

20

자라 있을거야!

30

20

내 인생은

20

내가 판단한다!

20

12월

12월의 질문

요즘 당신의 가슴을 뛰게 하는 것은 무엇인가요?

20

20

20

# 1

20

시작에

20

늦은 때란 없어요!

20

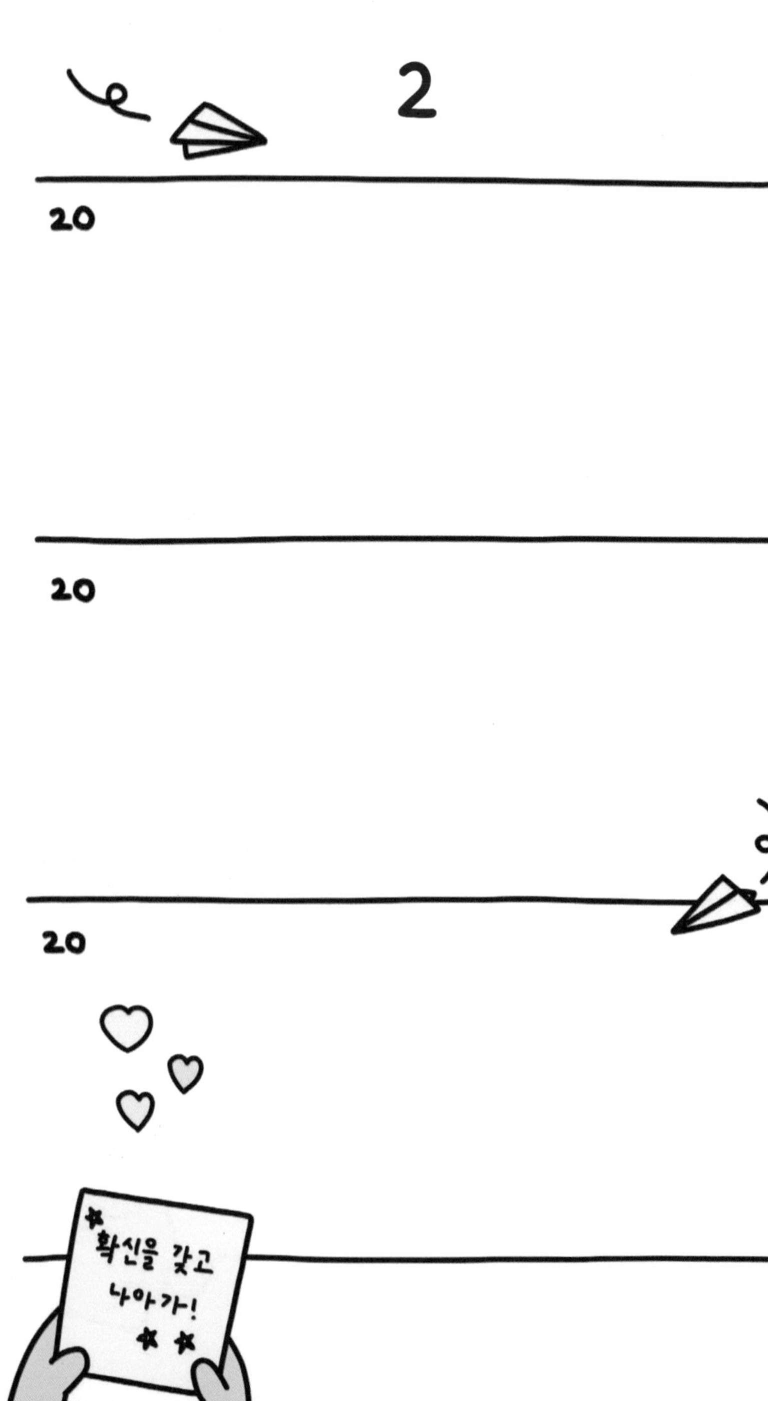
2
20
20
20
확신을 갖고
나아가!

3

20

행복은 때때로

20

20

너무나 사소한 곳에 있어.

# 4

20

20

20

늘 이 자리에 있어.

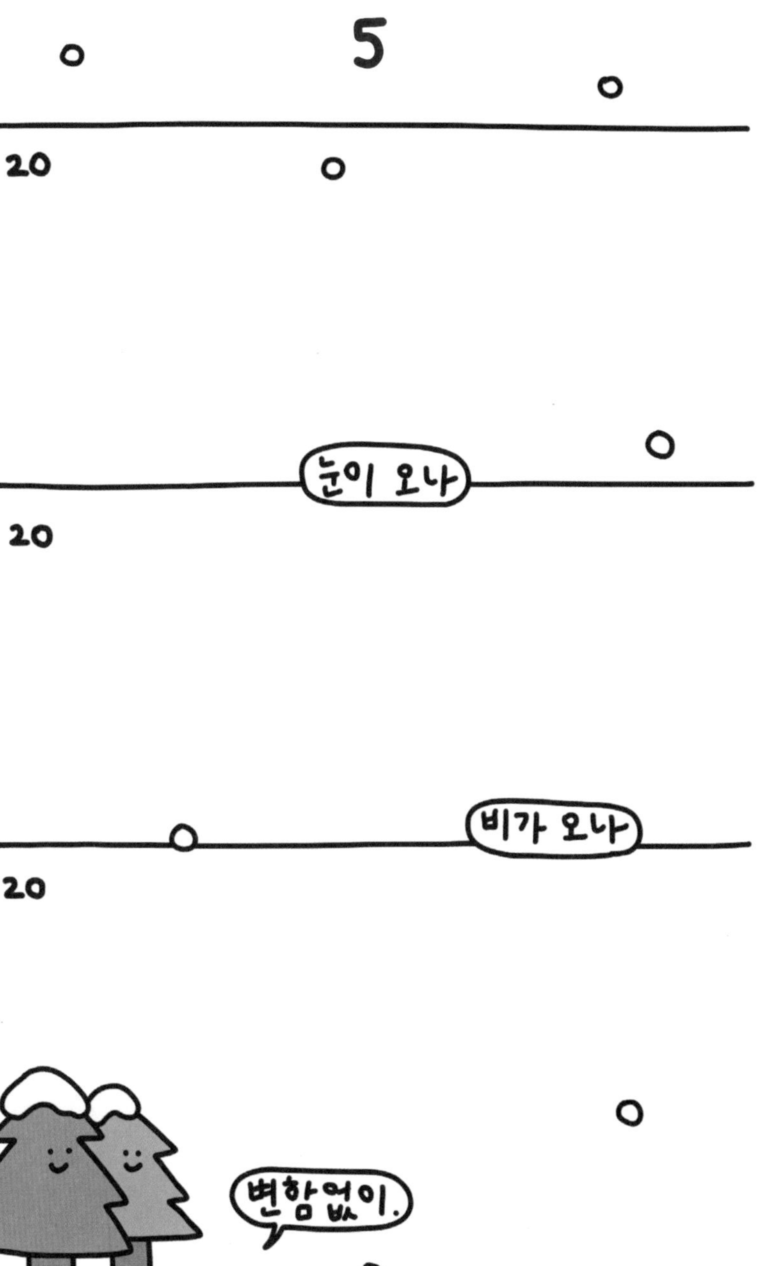
5
20
눈이 오나
20
비가 오나
20
변함없이.
DEC

# 6

20

20

포근한 밤

20

보내세요~

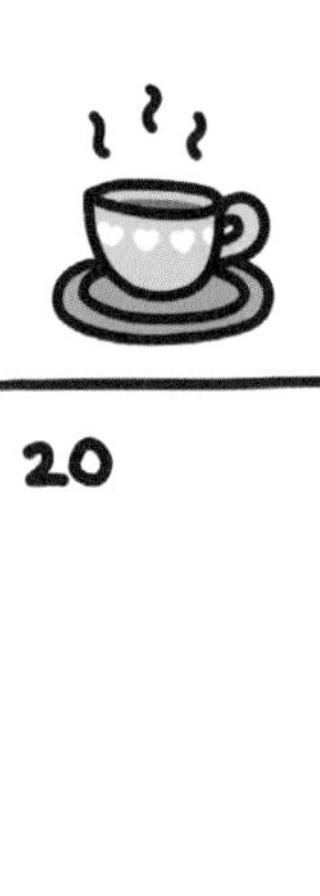

# 7

20

20

여유는 당신의 몫입니다.

20

# 8

20

20

20

이걸 해내네.
역시 멋져!

# 9

20

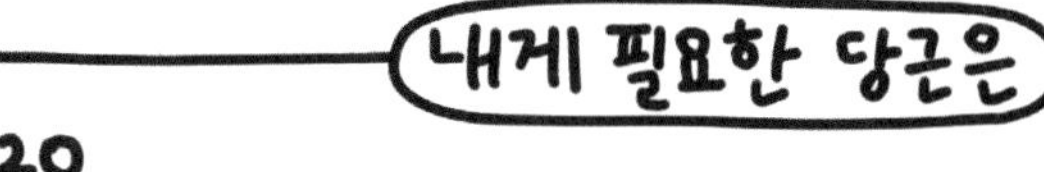
내게 필요한 당근은

20

내가 준다!

20

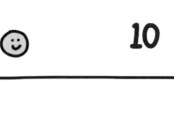

10

20

나는 무궁무진하게

20

성취할 수 있다!

20

# 11

20

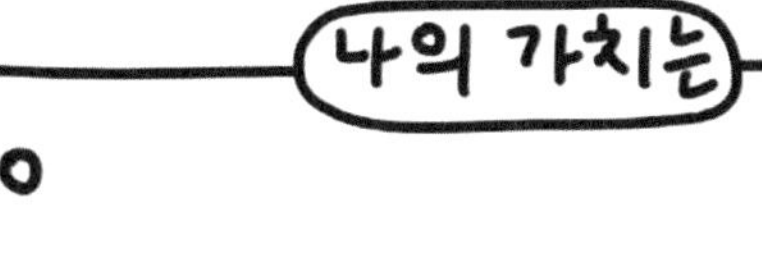
나의 가치는

20

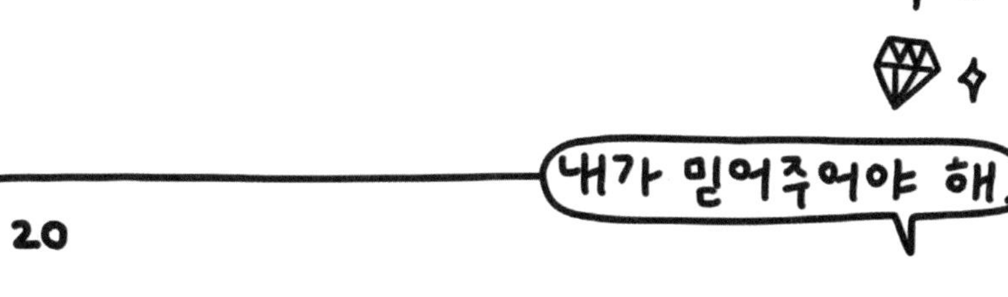
내가 믿어주어야 해.

20

# 12

20

돌아보니

20

전부 사랑이야!

20

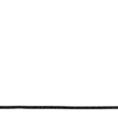

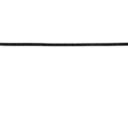

# 13

20

20

20

# 14

20

이왕이면

20

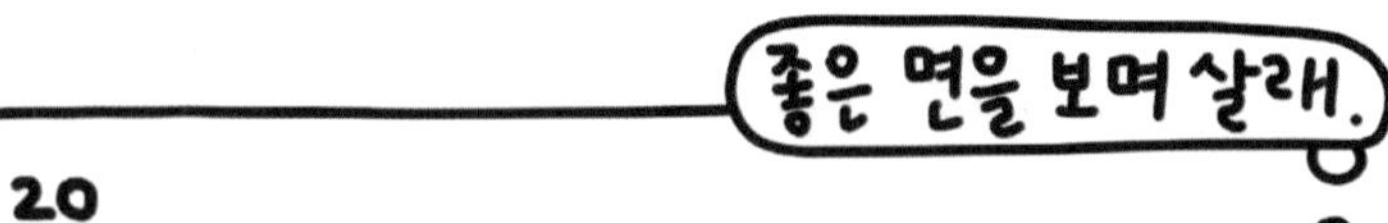
좋은 면을 보며 살래.

20

# 15

20

20

당신은 강한 존재예요.

20

DEC

# 16

20

기회는 많으니까

20

손을 뻗기만 해!

20

17

20

20

20

내 행운은
내가 만든다!

DEC

# 18

20

20

20

세상엔
즐거운 게 많아요.

# 19

20

20

20

우리는 뭉치면
천하무적이야!

## 20

20

20

20

기죽지 마.
잘했어.

21

20

20

20

넌
내
자
랑

22

20

너는 네가 생각하는 것보다

20

더 멋져.

20

# 23

20

꾸준함이

20

큰 성취를 만들 거야.

20

가자!
가자!

24

20

20

20

# 25

20

20

20

메리 크리스마스

# 26

20

20

20

일상에 감사해.

# 27

20

좋은 사람들과 함께면

20

시간이 빨리 가!

20

DEC

28

20

20

20

조급해할 것 없어~!

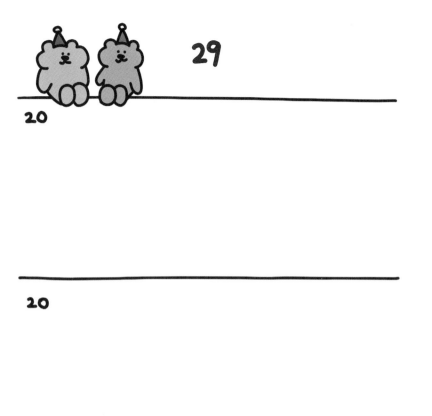

29

20

20

20

편안한 게 최고예요!

# 30

20

20

아무튼 우리

20

행복하자고요!

# 31

20

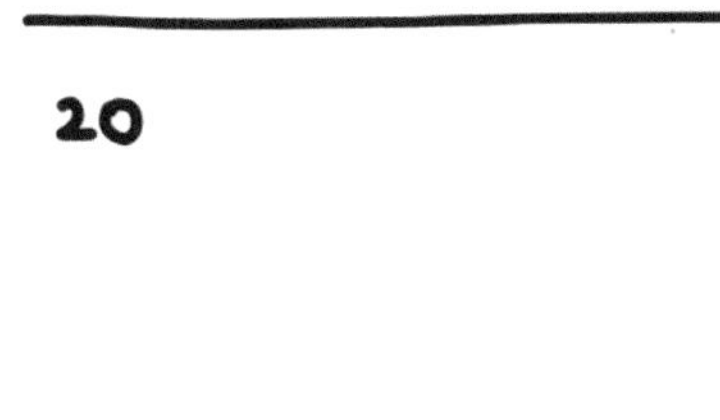

20

20

내가 올해도
해냈어!

1
올해의 어워즈

20

성취

책

음악

장소

인연

20

성취

책

음악

장소

인연

20

성취

책

음악

장소

인연

올해도 수고 많았어요!

20 올해는 나에게 ____________였다.
왜냐하면 ____________

____________

20 올해는 나에게 ____________였다.
왜냐하면 ____________

____________

20 올해는 나에게 ____________였다.
왜냐하면 ____________

____________

김토끼 굿노트
템플릿 & 스티커

지수

서울대학교에서 정치학을 전공했지만 지금은 쓰고 그리는 사람이 되었다.
인스타그램에 분홍색 토끼가 주인공인 '김토끼툰'을 수년째 연재하고 있다.
다정한 위로와 따뜻한 응원을 건네는 김토끼의 팔로워만 해도 17만 명이다.
언뜻 봐도 미소 지어지는 사소한 것을 사랑한다.
치열한 것보다 글 쓰고 그림 그리며 귀여운 고양이와 함께 고요하게 살고 싶어 한다.
지은 책으로는 《그럴 땐 바로 토끼시죠》, 《맨손 체조하듯 산다》,
《우리가 어떻게 우연일 수 있겠어》, 《초등 정치 수업》, 《찾았다, 내 편》이 있다.